LOCUS

LOCUS

LOCUS

LOCUS

to

fiction

to 53

婚禮瘋狂

Svatby v domě

作者：赫拉巴爾（Bohumil Hrabal）

譯者：劉星燦、勞白

責任編輯：莊琬華

校對：蔡佳珊

法律顧問：全理法律事務所董安丹律師

出版者：大塊文化出版股份有限公司

台北市105南京東路四段25號11樓

www.locuspublishing.com

讀者服務專線：**0800-006689**

TEL：(02) 87123898　FAX：(02) 87123897

郵撥帳號：18955675　戶名：大塊文化出版股份有限公司

總經銷：大和書報圖書股份有限公司

地址：台北縣五股工業區五工五路2號

TEL：(02) 89902588　FAX：(02) 22901628

排版：天翼電腦排版印刷有限公司　製版：源耕印刷事業有限公司

初版一刷：2008 年 2 月

初版 2 刷：2015 年 5月

定價：新台幣220 元

Printed in Taiwan

Svatby v domě
婚禮瘋狂

Bohumil Hrabal 著
劉星燦、勞白 譯

1

我要找的這間房子還算可以。門前立著一盞煤氣燈，還有一條曾經鋪著小方石塊的人行道，不過路面早被挖得不成樣子，如今剛剛重新鋪好。煤氣燈已經亮了，我藉著燈光認出了這房子的門牌號碼：24號。我一跨進院子大門就聞到了從通道上散發出來的一股酒味和潮氣。四周的牆壁潮得灰泥剝落，有點兒像酥油麵糰。我穿過走廊來到小院，不禁往旁邊一閃，只見一個金髮女人只穿了一條玫瑰紅的內褲和戴了一副胸罩。她正提著一桶水往院子裡潑，然後又用掃帚將沖洗過的水掃進下水道。她全神貫注地做著工作，累得汗流浹背，一臉不高興的樣子。提水，往院子裡沖水；再提水，再沖水……我問了一句：「莉莎太太在家嗎？」

「不在。不過您可以問問那位也在洗地的博士。您知道，我這兒必須弄得乾乾淨淨，全樓房的人都從我的窗口過，而我又是個乾淨慣了的人。」這個滿頭金髮的胖女人說。大概是爲了證實她所說的話，她推著我的肩膀走到她家門口，打開大門。果然，我看見的房間非常乾淨。灶面擦得光亮，櫃子也擦得十分光滑，上面攤著幾根鴕鳥毛，窗子下面的長沙發上罩著天鵝絨的沙發椅套，擺著好幾個絲面靠墊，桌上鋪著一塊漂亮的桌布，中間擺著一瓶人造的紅罌粟花。

我聳了一下肩膀，跨過一長溜水窪，來到一座小台階上，往上邁六步，看到另一個小院。右邊是一排泥土堆到了窗子邊的長長的板棚，就靠它們隔出來了另一個小院。我沿著這一排緊閉著的窗戶朝著一棟二層樓房走去。這座樓的樓上有一條帶鐵欄杆的外廊。樓房側面的那堵牆正好與板棚相連，高高地聳立在板棚上方。牆面剝落，碩大的一面牆連一扇窗子都沒有。院子左邊是一個用來懸掛地毯以拍打塵土的架子，旁邊是一扇敞開著通向洗衣房的門，從裡面散發出一股合成洗衣劑和污水的臭味。我繼續往前走，樓下有一盞可以上下拉動的吊燈，燈光吸引住了我。小院裡倒是頗舒服。從樓下敞開的一扇窗戶裡透出一絲涼氣，我不禁哆嗦了一下。

我站著沒動猶豫了一會，該不該進去呢？是進去打聽一下，還是離開這兒算了呢？在下面的第一個小院裡，我聽到那個金髮女人還在用水桶提水澆水泥地，接著又聽到水龍頭放水的聲音。我站在裝有鐵柵欄的窗戶前一堆泥土旁邊，泥土中長著兩株五葉爬山虎，它沿著一根鐵絲橫貫整個院子。爬山虎的捲鬚往下垂拉著，過了一截又扭過頭來朝上長。它輕輕觸著了我的身子，我鼓起勇氣，走到窗子前面。

有個男人正跪在地上用細草根做的刷子刷地板。不，他不是跪著，而是四肢都趴在地上。他全神貫注，一聲不吭地在擦地板。如今他直了一下腰，滿心歡喜地看一看已經擦洗乾淨的那一片地板。屋子角落裡安放著爐灶，那座爐火正旺的鐵爐灶上面放著一口大鍋在煮水。我站在窗子外邊靜靜地觀察了一下：立在鋼琴上的燭台上吊著四根小鏈子，這四根鏈子繞在一塊板子的四個角上，板上擱了一盆大文竹，文竹的枝子朝下彎曲，碰著了安在窗框間的兩面鏡子。房間的一角擺著一張裝有四個黃銅輪子的黃銅賽采賽式①的床。其他傢俱全放在房間外面：椅子、桌子，還有一張橢圓小凳子，凳子上擺了一截樹幹，樹幹裡面大概有個馬蜂窩什麼的。

這個男人又抓起粗板刷，沾上水，繼續全神貫注地刷起地板來。刷子喀吱喀吱地響著，吊燈給板刷照亮著行走的路線。只聽得下面第一座院子裡用水沖洗水泥地的刷刷響聲，隨後又聽到二樓有人開了門，屋裡的燈光射到院子裡。等那人把門關上，院子裡的光亮便沒有了。只聽得有人一步一步從旋梯上走下來，我立刻躲到敞開的廁所門後面，

①賽采賽：十九世紀末一種藝術流派，在實用美術上強調線條裝飾風格。

可是我又很擔心那個下樓的人是來上廁所的，因爲在這座樓裡什麼事情都可能發生。直到那人下到第一個院子，我才鬆了一口氣，立即從廁所裡鑽出來，然後又聽到了那金髮女人潑水的聲音。她肯定潑在這個剛下樓的人的腳下，因爲他驚叫了一聲，接著就是一陣對罵，一聲高過一聲。那金髮女人把勁兒憋足了，彷彿就爲了在這片刻發洩個痛快。有人被她潑了這麼一大桶水，使她從對罵中消除了不少疲勞。

「我是個愛乾淨的人，難道不是？我受不了髒亂！這座該死的樓房，這些該被雷劈的住戶！還有他們的客人，樓房裡這些可惡的家庭聚會！」這個只穿著一條內褲和戴著一副胸罩的女人扯著嗓子喊個不停。我鼓起勇氣，準備打聽我要找的人。我不知道爲什麼那個剛剛下樓的人又上樓去了。我還聽到，就在我下方，好像在院子下面哪個地下室裡有人在鏟煤，鏟子裡的煤塊沉重地倒進一只鐵桶裡。

「博士先生，」我咳了一聲，「您聽得見我說話嗎，博士先生？您知不知道莉莎和她的丈夫什麼時候回來？」

「知道。」我喊的那個人手裡仍舊拿著板刷，如今他將板刷丟進了水桶，正用一塊擰乾的抹布擦去地上的髒水。

我將雙掌撐在窗子中間那兩面鏡子的框上。我看到，這人有一對藍色的眼睛。他擦去手臂上的汗水，微笑著對我說：「莉莎太太到河對岸去了，很快就會回來。」他說要是我願意的話，可以到他屋裡去等她，還說要替我搬張椅子到爐灶邊，讓我暖和暖和。

他費了好大的力氣才站起身來，燈光照得他的頭頂發亮。這時我才看到，他頭髮很稀疏。如今他將報紙鋪在地上，好踩著它走到門口來，免得弄髒地板。他給我的印象像是一位早已退役的足球運動員。他將手伸給我，帶我到爐灶那邊，然後拍了一下腦袋，重又踩著報紙走出去搬了一張椅子回來。我坐了下來，覺得很舒服。本來我已經覺得有點冷，如今爐火烤得我渾身上下都溫暖起來。那位博士輕手輕腳地將水桶提到院子裡，我聽見他將髒水倒進下水道。這下水道有點堵塞，咕嚕咕嚕的，水流得不順暢，只是慢騰騰地一點一點往下滲。好不容易才一小口一小口地把桶裡倒出來的髒水呑完，下水道管子彷彿鬆了一口氣。那個我稱之爲博士、且同意我這麼稱呼他的人往桶裡倒了點開水，然後又走到通道上，打開水龍頭灌了些冷水。隨後，我聽見有人快步走過院子，然後停下腳步，我覺得有人在往我這兒瞧。我還聽到水桶碰著院子裡水泥地板的聲音，隨後有人提起水桶循原路走上樓去，在那裡沉重地歎息了一聲，就像那個下水道，開始還猶豫半天要呑不呑那髒水，突然咕嚕一聲響，將整桶髒水呑了下去。

「聽口音，您是莫拉維亞人。」博士說。說完又蹲下來，然後趴在地上繼續用他的粗板刷刷地板，接著用抹布再擦一遍，將髒水擰在桶裡。「是。」我回答。

「請記住，布拉格凡屬有點價值的東西都是從莫拉維亞來的。我也是莫拉維亞人……

但是請注意！所有我擁有過的漂亮東西，都來自一座捷克小鎮……」他笑了笑，高興地看著他刷乾淨了的地板，接著往下刷，「可是我又不得不從這座小鎮裡逃出來，因爲我在家裡待不下去了。有一天我看了一下我的周圍，不禁對自己的一切感到驚訝，連我自己都沒有注意到，我竟然當了這麼久的少爺，我竟然長久以來一直只穿在布拉格縫製的衣服，我竟然這麼久只穿從波爾迪・庫德曼那兒訂做的鞋子，我竟然這麼久挑選那漂亮的領帶配上從普希科比買來的更加漂亮的襯衫，我竟然這麼長期以來戴的都是捷康店的禮帽和鹿皮手套。我爲自己感到驚訝，因爲我發現我和我的父母及弟弟住著四間房子，我的房子裡還有一個漂亮的書架。總之，我當時還什麼功績都沒有，卻過得像個皇帝老子一樣舒服。於是我懷著羞恥的心情從啤酒廠的這所漂亮住宅裡逃了出來，內心平靜地來到這裡，這所由鍛造廠房改成的住宅，這棟原來什麼也沒有的舊樓裡。我得自己粉刷牆壁、自己刷地、自己找傢俱，總而言之，這裡的一切都是我花自己的錢，花我在克拉德諾，在波爾迪納鋼鐵廠賺的錢買來的。在這個留著被星星燒焦了鬈髮的漂亮的腦袋②裡……對，我就是星星們加冕的那個人。」

②波爾迪納鋼鐵廠的廠徽圖案。

「所以您才在這兒洗地板？」我不禁笑了。

「您知道，就因爲這個。假如您想乾淨得別具風味，您就得一絲不苟。」博士說話的時候，手裡還拿著那塊滴著髒水的抹布，他帶著沉溺於幻想中的神情接著說，「我不想比別人擁有更多，我只想藉由自己的勞動來達到別人那樣的水準，或者說，我儘量努力像別人那樣去做、去生活。我現在做著的這工作正是使我感到自由自在、一種魅力無窮的詩境。至少我自己認爲我是自由的，所以我才放棄了曾經擁有的漂亮書架，鋪著褐色天鵝絨的寫字台，放棄了由女僕爲我生火的瓷磚鋪面的爐灶，放棄了媽媽替我準備的我最愛吃的菜，還有我爸爸裝滿一地窖的葡萄酒和啤酒。」

我抬起眼睛，深深地沉浸在自己的回憶之中：「不錯，我們家也曾住著十三間房子，還雇了兩個女傭，我有一個保姆，我爸有個馬夫和司機。我爸還有個地窖專門放著法國的高級葡萄酒，愛爾蘭和蘇格蘭的名牌威士忌。我的臥室是以路易十四風格③布置的。

③路易十四風格：指法國路易十四當政時期（1643-1715）的視覺藝術。這一時期的裝飾主題包括貝殼、半人半獸的森林神、小天使、垂花紋飾、花環飾、神話題材、渦形裝飾（飾紋鏡框）、葉狀旋渦紋和海豚。

我爸爸有個英國風格的工作室，整個牆面都飾以褶皺的帷幕，屋裡每個角落都擺著一個賽夫勒④產的花瓶，牆上掛滿了荷蘭油畫名作。因爲我爸爸曾去世界各地採購木材，因爲他曾經是一個莊園總管。我媽媽的臥室……」

博士正將板刷上的水甩在最後一塊髒地上，他打斷了我的話說：「您自己離開了您那座別墅、那所住宅？您離家出走啦？」

「不是這樣的！」我糾正了他，「戰爭結束後是怎麼個情況，這您不也知道嗎？他們把我送到勞改營去的時候，我才十六歲，不僅把我，而且把我的父母也送進去了。我當時不知道我的哥哥卡雷爾在哪兒，我的姐姐湖翠在哪兒。直到後來在勞改營裡我才得知我哥哥在史達林格勒戰役中受了傷，子彈射中了他的下巴，我姐姐湖翠逃到荷蘭找她丈夫去了，我的弟弟海尼還是個小男孩，跟著我們一塊被押到一座磚廠服苦役。德國人輸了，我倒有了罪過，我當時只有十六歲……」

他伸直了腰，扭動一下肩膀，然後舒舒服服地吐了一口氣，說：「這太糟糕了，可

---

④賽夫勒：位於塞納河左岸的法國城市，爲巴黎西南郊住宅區。該城市以賽夫勒國家瓷器廠著名，廠內有瓷器博物館。

是有好多無辜的人也要爲敗方受不少委屈，然後便是以牙還牙，以眼還眼。在《舊約》裡這個原則也是有效的，更殘酷、更過分的是，還出現了『一隻眼睛要用兩隻來還，一顆牙齒要以一整副顎骨來還』的口號。可是您瞧，我的工作做完了，您看見了嗎？」他站起身來，得意地揮了一下手，並將那塊擱著板刷和肥皂、芳香四溢的乾淨木板指給我看。

我走出房間，來到莉莎家門前，就在院子對面的二層樓上，但她家還是漆黑一片。樓下那個金髮女人家的燈倒是亮著。

後來我幫博士將桌子搬進他乾淨的房間裡，接著又搬椅子，還把那個帶著馬蜂窩的半塊木頭也搬了進來。我們在桌上鋪了塊桌布，博士拿來一只牛奶瓶，裡面插著三枝石竹花。然後又把吊燈往下拉了拉，將一張報紙當燈罩圍在燈泡四周，用根細鐵絲捆著，光線便集中在白桌布和鮮豔的石竹花上。隨後博士又在桌上放了一個大罐子，並往裡頭倒了四瓶啤酒請我喝……

就這樣我跟一個陌生的男人坐在一塊兒。他坐在我的對面，不直接看我。雖然他也在看我，但只是用眼角在瞄我，而且好像是在看著我旁邊的某個地方。但是我感覺到，他之所以不直視我，只是爲了能更清楚地看見我，有點兒像馬那樣。啤酒味道很好，爐子也燒得很旺，博士一直往裡面添木柴……

「這裡眞好，是吧！」博士驕傲地驚歎了一聲，「您會爲我感到驚訝，我每個星期天乘車去看望父母，可是等我坐著火車回來，一下車我便匆匆跑出火車站，飛快地往家趕，直到開了門，打開燈，我才喘口氣。我又回到這個地方，回到我的家了！我生上這個爐子，把鮮花插進玻璃瓶裡，在這白淨的桌布上翻開書本，從對街打來一罐啤酒。您不覺得我這生活勝過神仙？」

「博士先生，我給您送點東西來，不過您今天就得趁新鮮吃完。」這女低音來自窗子外邊，把我嚇了一大跳，原來那金髮女人就站在窗口，博士也嚇了一跳。她半截身子露在窗口上，戴著那副玫瑰紅胸罩，兩手舉著一只鍋子和一個碟子，鍋裡正在冒熱氣。

博士接過碟子和鍋子，聞了聞，高興了！

「啊！匈牙利紅燒肉！用牛後腿做的紅燒肉，我馬上就吃。貝朗諾娃太太您怎麼猜中我家裡什麼吃的也沒有啊？更重要的是，我們的肚子已經空空如也了。」

愛乾淨的金髮太太笑了笑，轉過身去，屁股胖得快要把褲縫線撐開。她撩開爬山虎藤，腳下的響底涼鞋啪噠啪噠穿過小院，到下台階的時候，響聲變慢，進到她的家裡。

「她是誰？」我輕聲問道。

博士拿著麵包，拿麵包的姿勢也很奇怪。他用鈍刀費勁地切下來一片，本想說些什麼，後來乾脆把麵包和刀子放下，說：「這位太太年輕的時候當過酒吧女郎，在漢堡當過女招待，一做就是二十年，所以特別愛乾淨。現在她在金鵝大飯店洗碗，那裡的人都說他們飯店從沒有過這麼乾淨的洗碗工，所以總幫她用平底鍋盛點好吃的東西，讓她拿去送給她的親朋好友。她白天在金鵝飯店洗碗，晚上在這院子裡洗地，洗她的傢俱，洗假花。她大概是看上我了，她每次送平底鍋來給我時，我總是手足無措，不知怎麼辦好，我有點兒害羞……」

「您已經不害羞了？」我抬起眼睛說。

「如今不怎麼害羞了，但還是有一丁點，您知道，我屬於還知道害羞的一代人，我們到二十五歲還害臊。這大概是因爲我們沒有跟女孩們一塊上學的緣故……您知道，到最後在我身上唯一的一點可貴之處就是我還愛紅個臉，知道害羞……還有一點與我這個人相配的是，我的『嘟嚕』⑤音發不好，總帶點兒『嘶』聲在裡面。去年我去找過大夫，想請他幫我糾正一下這個音。他聽我打了一下嘟嚕，然後說：『依我看，您已經有這麼大一把年紀了，已經開始掉頭髮了，嘟嚕音發得好不好已經無傷大雅，這嘟嚕音還正是

---

⑤捷克字母裏的「R」爲彈舌聲，跟俄文字母的「P」一樣。作者稱它做「嘟嚕聲」。

您唯一一個可喜的特色哩！就這樣吧！諮詢費一百五十克朗。』」博士說著將平底鍋放在桌上，又開始費勁地切第二塊麵包。這時我才注意到，他有一雙皮膚非常粗糙的手，像鄉下人，像葡萄園工、挖馬鈴薯和種菜的人那樣的手。他終於切下了第二片麵包，收拾乾淨桌布上的麵包渣……他給了我一把勺子，我們便共用這個勺子吃起飯來。連我自己都微微嚇了一跳：我用一下勺子，然後把勺子遞給他，隨後他又吃了一口紅燒肉，把勺子還給我。我們就這樣配著麵包吃，活像一對新婚夫婦共一個碟子、共一個勺喝湯那樣。

「啊！這些麵包片啊！我的這些棒極了的麵包片啊！」博士大著嗓門兒說，「我吃了多少抹了油的麵包片啊！一片接一片，就跟休閒鞋的鞋墊一樣。我帶著這些麵包片可以一直吃到維也納，豈止到維也納，可以一直吃到巴黎！我媽給我的麵包片抹油抹得薄，我寧可自己抹，我特別愛吃油。我還是個小男孩的時候，每當媽媽不在家，我就放些鵝油或者鴨油在茶缸裡，用勺舀著配麵包吃。再往這美味上面撒點鹽和胡椒，來點啤酒。因爲，年輕的太太，我整整四十年住在啤酒廠裡啊……」

我說：「我不是什麼年輕的太太。」

「那就更好。我在享用這鵝油美食時總要喝點啤酒。您知道，我們家每年要宰三次豬，有好幾桶豬油，可是我媽媽幫我在麵包上抹的油總是薄薄的一層，於是我便自己抹。趁媽媽沒注意的時候，我便抹上一個指頭那麼厚的油，然後把抹了油的那一面朝下拿著，免得媽媽看見。要是被她抓住了，她準要責備我：『肯定會把肚子吃壞的！』我就這樣跟媽媽玩了二十年。直到現在我還保持了這個習慣。因爲我始終最愛吃抹了油的麵包片，上班時我也會帶兩片抹了油的麵包，即使媽媽不在這裡，我拿麵包時也還是把抹了油的那一面朝下。因此有時還會出現這種情況：我麵包片上的油一不小心便滴到地上。」

正當我們吃完這匈牙利紅燒肉，對面樓上，也就是那位愛乾淨的金髮太太家樓上一間房子裡的燈亮了，窗戶朝外敞開。於是我站起身來，聳了聳肩膀。

我說了一聲謝謝。

2

我站在黑暗的小院裡，彷彿站在一艘帶有通到岸上的梯子的小汽輪上。在下方那個院子裡，極愛乾淨的那位太太家的窗子亮著燈，現在她正伸直腿躺在緊靠著窗戶的長沙發上看書。莉莎太太站在二樓一扇敞開的窗口旁，兩手撐在剛打開不久的窗扇上。

「碧碧⑥，」莉莎指點我說，「離這兒不遠就是通向我們這棟倒楣的樓房的走廊門！」

我伸手摸著了門把，可就是打不開門。莉莎大著嗓門兒嚷嚷道：「您得用力推，用膝蓋頂！不然還是等一等，讓烏利來接你吧！」

---

⑥赫拉巴爾在「自傳體三部曲」中，稱他妻子爲碧朴莎。碧碧則爲碧朴莎的暱稱。

隨後我便聽到有人從走廊上跑下來。門上半明不暗的玻璃透著一個男人身影。他在拉門把，又拽了一下，門開了。被風刮起的沙子和牆上掉下來的灰泥渣鑽進了樓道裡。從某個地窖裡冒出來一股摻雜著醃白菜臭味的冷颼颼的穿堂風刮進了暖和的夜晚。烏利就站在門口。這位在戰爭期間就跟我們家有交情的朋友，自分別的那一年起就沒跟我們見過面了。他的臉色有點蒼白，但沒錯，就是他。所謂跟我們家有交情，實際上是跟我爸有交情。其實我爸爸也不是特別喜歡他，只因爲莉莎——烏利的老婆在我爸那裡當會計。我爸倒是蠻喜歡她，因此所有信件都口授給她來打字。烏利在樓道上擁抱了我，然後上了一個台階，我緊跟在他後面，便到了樓房靠外的通道裡。通道上有個敞開的窗子，我走近窗口，便看到了下面整個院子，那堵高牆，那座二層樓上帶有外廊的樓房，看到樓下那間亮著燈的房子，透過它的窗子還可看到那盆用四根長短不一的鏈條吊著的一盆大文竹。莉莎走了過來，擁抱了我，親了親我，我流出了眼淚……

「那些金色時光都到哪裡去了?想起來眞是百感交集啊，不是嗎?」

她請我進到他們屋裡。先是用櫃子隔出來的小廚房，櫃子後面是一張床，有扇窗戶朝通道開著。然後就只能帶我進到一間極小的房間裡。

隨後我們便坐在這個小房間的一張沙發床上。小房間裡的窗戶全朝街開。有個窗戶半明半暗地透著那盞煤氣路燈的光，不時從外面傳來汽車行駛的聲音。烏利從地窖裡拿來一瓶莫拉維亞葡萄酒，用他發抖的手斟到玻璃杯裡。我困惑不解地望著他們，因爲他們兩個都在一個勁兒地對我訴苦發牢騷。他們爭先恐後地對我解釋，他們兩個人之所以都丟了工作，是因爲莉莎是個德意志女子、是奧地利人；烏利雖然是莫拉維亞人，但因爲他娶了莉莎。而且剛好在捷克愛國者們因爲游擊隊槍殺了海德里希⑦而紛紛遭迫害的時候舉行了婚禮。戰爭結束後，兩人都進了牢房，烏利坐了半年，莉莎坐了一年，儘管逃到布拉格，到頭來仍舊被找到了。後來又因爲某個原因懲罰他們，原因是莉莎替一個上尉當過秘書。

「可是我已經知道所有這一切都是誰造成的。我可以拿脖子擔保，這是猶太人幹的！」烏利用指頭扎了一下脖子嚷嚷著。

莉莎點頭表示同意。一開始數落猶太人，她便精神抖擻起來，說正是那些猶太人讓烏利的批發業宣告破產；正是那些猶太人逼得德國人發動戰爭；到最後還是那些猶太人

⑦海德里希（Reinhard Heydrich, 1904-1942），德國納粹高級官員，一九四二年遭兩名捷克愛國者伏擊而身亡。

使帝國⑧打了敗仗。一直到最後幾天，帝國士兵還在霍多寧的最後一天，莉莎還堅持說帝國能打贏這一仗，因爲它有秘密武器。如今他們坐在我對面的沙發床上，看上去一點兒也沒有變，莉莎翻來覆去老是講著這些話；烏利則一廂情願地認爲，絕不會老是這樣下去，總會有變天之日；說再不行，總會有無原子區，而他就可以再去當巧克力產品推銷員，去當西方一些公司的代理。他說不過眼前還行不通，因爲猶太人又有什麼提議，而且還有權。我坐在那裡，看著這兩個人，聽到他們老是這麼抱怨個沒完，覺得有些反感。正像我所看到的，他們能生活在一起，房子比他們原來住的小一點兒，但他們總沒有落到我和我的姐姐湖翠還有哥哥卡雷爾這個地步吧！我甚至被他們的話嚇了一跳，因爲我開始意識到他們之所以這麼抱怨，只是爲了讓我別打算開口求他們什麼，住到他們這裡，靠他們去支撐生活，因爲我突然閃電般來到他們這裡，無緣無故地拜訪他們。

接著沉寂了片刻。烏利斟完酒，酒瓶碰得玻璃杯叮噹一響。莉莎把她的手按在我的手背上，說：「碧朴莎，你怎麼樣？出了什麼事嗎？我聽說你來布拉格已經兩個月了，

---

⑧指納粹德國。

可是你既不去登記，又不去申報戶口，我們眞不知道你到底在做什麼哩！」

烏利大著嗓門兒嚷嚷說：「我跟你爸常常坐在小酒窖裡一塊兒喝香檳，啊！碧朴莎，你爸可喜歡我哪！可惜我們那時沒有及時從這兒逃走，沒有將蒙德賽⑨兩座相鄰的別墅買下來。唉！眞遺憾我們曾經相信帝國會打贏，我們……」

莉莎打斷了他的話說：「別扯這些啦！我們是時代的犧牲品。碧朴莎又該說什麼好呢？她什麼都失去了，房子，一切的一切，甚至連在瑞士的存款戶頭都沒有了。可是我絞盡腦汁在想，那些存款戶頭是不是落到了猶太人手裡，你爸不是跟猶太人的公司做過生意嗎？既然戰爭以德國人吃敗仗而告終，誰會承認欠了你爸的帳呢？主要是你爸死了，他的證件都在哪裡，這誰也不知道，你說這該怎麼辦，碧朴莎？」

「我哪知道！」我說，「我都不想活在這世界上了。我從十六歲起就一直倒著楣，而我又沒什麼社交能力，像有的人……」

---

⑨蒙德賽：奧地利境內的一個湖，二戰後，捷克布拉格的一些富人常去那裡度假，是一個優美的療養地。

「像有的人?這是什麼意思?你在說什麼,碧朴莎?我做的是一個公職人員的工作,累得半死,每月才賺八百克朗。烏利這個鍛工成天賣苦力,一個月才掙到可憐的三千克朗,但你還來責備我們?」

「我不是這個意思,我說我不像有的人那樣會與人交際,是指我談戀愛的事。我愛上了一個爵士樂吉他手,他打發我到布拉格來見他的媽媽,當時我們已經有了在教堂舉行婚禮的通知,讓我作好結婚的一切準備,可是一個月之後我卻得知,我這位心上人,這位爵士樂吉他手找了一位女爵士樂歌手,跟他一起溜到維也納去了,在那裡結了婚……我都不想活了,我到現在也還是不想活。可是我自殺沒成功,所有的藥片都嘔了出來,於是我仍然活在這世界上。不是我樂意,而是我已經無力再嘗試離開這世界了。」

我坐在一張小沙發椅的邊邊上,兩手扶著膝蓋,垂頭喪氣打不起精神。我究竟為什麼要到這裡來呢?我明明看到,我在這裡是外人,就好比我上次遇到的我那爵士樂手這害人精的媽媽一樣。那傢伙讓我到日什科夫⑩去見他媽媽,在那裡準備婚禮,而他自己

---

⑩日什科夫:布拉格的一個區。

卻跟他的情人逃到維也納去了，並在那裡娶了她。我看得出來，這兩位我爸爸從前的朋友如坐針氈，生怕我求他們什麼。如今我明白了，那時候他們對我們一家人都那麼好，那時候爸爸請他們上我家別墅，他們受寵若驚；那時候烏利連對我也表現得竭盡全力、殷勤周到，都是因為我爸有一大筆財產，不僅在木材實業界而且在整個商業界裡都有舉足輕重的地位。如今我坐在這裡，穿得又不像個樣子，甚至連我自己也突然注意到了這一點。在我準備起身走掉之前，莉莎就開始規勸起我來了。

「你瞧，碧朴莎，你可不能這樣下去啊！碧朴莎，可憐的女孩，瞧瞧你自己現在這模樣吧！呀，我的上帝！他跟別的女人跑了，你還會再找到心上人的，命運會幫你找到另一個。你怎麼能這樣頭髮亂蓬蓬的就在外面跑呢？你看看你自己吧！你怎麼能穿著這樣的破裙子就上電車呢？再看看你那雙鞋子！你總不能穿著這樣的破皮鞋去上班啊！你是在巴黎飯店工作，不是嗎？你在比什佳尼不是還有住處嗎？那你就回到那邊去吧，到那裡去住，到那裡也能找到工作。那裡的那套傢俱好像是你爸按照自己的意思請人做的，不是嗎？」

院子裡傳來一聲巨響，彷彿隔壁剛遭爆破。接著便是掉土渣和碎石的碰擊聲。烏利跑到走道上，還一個勁兒地叫我。他可高興外面有點什麼事呢，因為坐在這屋裡他覺得很緊張。他沒想到我向他們提出的請求竟然不是幫我找個住處，而是要幫我找到繼續活下去的勇氣。如今院子裡塵土飛揚，所有窗子都亮了。博士也跑了出來站在門框那兒，聽著看著那些灰泥和碎石怎樣從板棚屋頂上、從那堵高牆上往下掉。烏利指著敞開的窗子衝外面喊道：「這就是我們這該死的住處！每個禮拜都這樣掉灰泥，先是乒哩乓啷往板棚上掉，然後再從板棚往院子裡掉。有一格板棚裡還放著我們的一張折疊床，如今滿床都是塵土。因為在這堵牆後面是一排大廠房，有個研究所在裡面測試軸力，有時還切割軸身。每當被切斷的軸身往地上轟隆一聲就會把我們的樓房震得直晃動……」烏利大著嗓門兒嚷嚷著。他是一個第一共和國時期的游商，在那個還有猶太人的批發、零售商的時候，他經常去咖啡店、去雄鷹體育協會。在他沒有愛上莉莎這個德裔女子之前，他還跟城裡的莫拉維亞人生活在一起。那時他便跟人家打賭說帝國準能贏，到時候他準能成為他朝思暮想的人、擁有賓士車的大老闆；如今他卻在這裡大喊大叫。我瞧了他一眼，頓時感到他很討厭。因為莉莎本來是德國人，希特勒帶著他的軍隊來到這裡的時候，她還跟我媽媽去逛過維也納；可是烏利，他的姓是斯拉維克，是莫拉維亞人呀！他甚至德語一點也不流利，也看不懂德文書，什麼都得叫莉莎翻譯給他聽。這位斯拉維克在捷克——莫拉維亞保護國時期⑪結的婚，他自然堅信德國會贏，他壓根就沒想到會是什麼樣的結局，直到如今他也沒轉過彎來，怎麼也不願承認他陰差陽錯當了個雄鷹體協會會員，並仍舊是莫拉維亞人這一事實，就跟他過去做生意的時候不明白為什麼除了其他人之外還有猶太人一樣。

烏利關上窗戶，故意咳了一聲，然後在屋裡繼續發他的議論：「只有博士一個人感到舒服。他只要聽到哪兒出了事，便立刻親自到場。你看見他在院子裡了嗎？如今他會在院子裡走來走去，撿起一塊磚頭或者一塊灰泥板什麼的。可是誰該住在這種鬼地方呀？雖然過一會泥瓦匠們就會來清理灰泥磚，可是過一個禮拜之後又會舊戲重演，先是嚇死人的一聲巨響，接著又會從牆壁上掉下一大堆灰泥塊，弄得滿屋頂滿院子都是塵土，就像是博士預訂好了似的。他倒是愜意，就像他舉行的那些家庭聚會一樣，把他的朋友請了來，胡吃海喝一直到躺倒在地上起不來。弄得他樓上的住戶都害怕到地窖裡去取牛奶取煤。眞的，不敢去取牛奶去取煤。」

這時，我突然想到，烏利之所以老這麼嘮叨個沒有完，僅僅是因爲不讓我有時間說出我其實連想都沒有想過的請求。可我現在倒是偏要說一說。我說：「我現在處境很糟糕，我在布拉格實際上只是混著，連一個住處都沒有租。」

---

⑪一九三九－一九四五年納粹德國統治時期。

莉莎拍了一下手說：「什麼？你根本就沒登記個住處？」

烏利被我嚇了一大跳，他不想接這個話題，他接著他前面那些話繼續喊叫著：「我們眞沒道理要落到這一步，住這種冷死人的樓房。冬天，我們必須穿過外廊去上廁所，那裡冷得連桶裡的水都能結成冰，我們的沖水器安在一個圓桶裡。當然，博士的廁所也在室外，他也得到院子裡去，可他還誇這個廁所。這裡的一切他都喜歡。連這個建在室外的廁所他都讚賞！碧朴莎，你還沒有見過我們這裡下雨天是什麼樣子哩！下雨的時候這兒就像堤壩決了口，整個院子都泡在水裡，我們都沒法去洗衣房，走路都得踩在一塊塊木板上。我們得用掃帚掃水，好像這房子是我們自己的。可是碧朴莎，我們只是住在這裡，我們根本就沒有住房證，幾乎跟你一樣。只有博士，他喜歡這裡的一切。在他隔壁幾間房裡住滿了畫家、窮藝人，一個個都以爲自己將來會是大藝術家。可是他們照樣得從這裡搬走，因爲他們沒有工作，連這兒的戶口他們也報不上。」

莉莎歎了一口氣，重又裝成嚇了一跳的樣子說：「碧朴莎，我簡直不敢再往下想。你要是沒有報上長期戶口，實際上你也就沒法在布拉格就業！」

烏利跑進廚房，像曲棍球員繞過球門一樣從櫃子後面躥出來，繼續嚷嚷道：「碧朴莎，說實話，我們在這裡的居住權也已經過了期，快要作廢了。只不過這座樓房的主人是我們的一個親戚，一個姑姑。你完全可以相信，要是我們有長期居住權，有這間房子的房證，那我們也可以讓你把戶口報到這裡，報到我們的戶口裡，那麼，你也少了一份操心事。可是說句良心話，這間房子連我們的都不是，哪能還有你的份呢？這裡要是趕上夏天刮大風的時候，整個院子簡直像一部螺旋攪拌式的洗衣機。鄰近四周的碎紙片、從科特拉斯卡山區吹來的樹葉，統統被旋風刮到這裡，再加上屋頂、牆壁上掉下的整塊灰泥，弄得滿廊道都是灰塵、沙子、碎紙片和樹葉。博士是唯一一個在這裡過得很愜意的人。他還經常到附近的札麥切克宮堡那兒去散步，每個禮拜五到那裡看看有什麼舉行婚禮的通告沒有。自己沒有婚禮也邀請一大幫朋友到家裡來辦『婚宴』，搞到三更半夜，也就是大吃大喝熱鬧一通。不管刮風不刮風，院子裡是不是塵土碎紙飛揚、滿地污水，他們一概滿不在乎，照樣吃、照樣喝。等風一停下來，這座院子就像一個垃圾筒，髒透了。鄰居們甚至跑到我們這院子裡來撿他們的內衣、尿布。這些破布爛衫都被刮到我們這個院子裡，一堆一堆的死活出不去。眞可怕！我好幾次下班回來，剛走進院子通道，便碰上迎面吹來的一塊尿布貼到我臉上，這塊溼尿布不歪不斜正好封住我的嘴巴。我可眞忍受不了小孩的溼尿布那股味道！有時趕上夜裡起風，就像上空有個大箱子往我們院子裡倒東西，我們這兒就成了一個大垃圾箱。狂風在屋頂上呼嘯，弄得你簡直沒法睡覺。等風聲停了，對面博士那兒的朋友們又在大聲喧嘩，舉辦家宴。就連這麼一個住處，我們還沒有房證。」

莉莎笑了笑說：「要是有房證，你早就不會在這兒找到我們，那我們肯定跟人家換了房住到別處去了。住到哪兒都行就是別住這兒。跟你說句心裡話，我們之所以住在這裡，主要是爲了不讓姑姑的超額房子被沒收掉。我們這是在爲親戚作犧牲，所以我們沒有自己的房證。我們也不想要這房證……可是碧朴莎，我是當會計的，懂得這些規矩，你在這裡沒有長期居住權，卻又去工作，我簡直不敢往下想，你們單位的人對這怎麼看怎麼說？」

「他們說還能讓我在那裡待一個禮拜，但是我必須馬上去申報長期戶口。」我說了這些，當我看到我的朋友們的臉色煞白時，我的勇氣更大了。我接著說：「所以我才來拜訪你們，所以我今天才到你們這裡來。」

一片死寂。隔著樓板聽得見一樓有人在大聲打著呵欠，實際上不像打呵欠，而是一聲發自人體內臟器官的又長又憂傷的號叫。

烏利裝作要嘔吐的樣子……過了一會兒接著說：「這是我們這座樓裡的又一道風景。等到整個院子靜下來，也沒有人舉辦什麼『婚宴』時，那下面，便會有人因工作過於勞累，而在睡夢中這樣號叫。我說，這座樓就是我們的冤孽。」

我露出了微笑。我似乎爲我所聽到他們講的這些事而感到有點兒高興。我清楚地知道，我這兩位朋友正經租住在這裡，他們完全可以幫我將戶口落在他們這裡。可是他們被我嚇著了，他們瞭解我的一切情況。總認爲他們是體面人，而我卻不在這些體面人之列。有人把我的一切情形都寫信告訴了他們，我是來布拉格結婚的，可是沒有結成，因爲我的未婚夫跟著另一個女人跑掉了，把我一個人丟在他媽媽這裡，於是我便和她住在一起。因爲她也是臨時租住在人家那裡，所以沒法讓我在她那裡落戶。這位沒有當成我婆婆的大媽在雙貓飯店當會計，而我在巴黎飯店當出納，這是我的這位大媽幫我找的工作。我們兩人下班回來時都累得全身無力，在日什科夫那座樓房裡踏著樓梯一級級往上爬。我們都手扶欄杆，好不容易才爬上五樓，兩人都全身塵土、滿頭大汗，累得上氣不接下氣，進到房間裡便掀開被子，得在床沿呆呆坐上好半天才慢吞吞地脫下襪子。我們雙雙望著自己那雙滿是灰塵的腳，那雙累得不成樣子的腳，一聲又一聲地歎著氣。等到我們有了點兒力氣，才去打水洗腳，彼此瞧上一眼，不斷地打呵欠。直到半夜我們還在號叫著大打呵欠，正如剛才樓下那位愛乾淨的淺黃頭髮的太太一樣。博士說她是在金鵝飯店洗碗的。……屋裡一片靜寂，地毯上有顆閃亮的別針，我將它拾起，放到桌子上，準備站起身來。我從前的這兩位朋友扶了我一下，因爲我已經有些站不起來了，恐怕跟情緒有點關係。直到這時我才注意到，這房子裡的傢俱擺得很擠很擠，小桌與櫃子之間只有一條窄窄的小道。我只好側著身子從它們中間走過去，然後進到廚房，再走到裝有玻璃窗的封閉式的外廊。那兒有扇門通到螺旋形的樓梯。我們開始告別，互相親吻，莉莎甚至還淚眼汪汪。烏利和我握手時，勁使得連關節都響了。但是我已經看到，我再也不能像我今天這個模樣到這裡來了，我再也不能穿著這身衣服這雙鞋子在這裡出現了，甚至我再也不能在我獲得長期居留權和有固定職業之前到這裡來了。我沿著旋轉梯下了樓，通道的牆壁在半明半暗的燈光下閃閃發亮，原來是從牆壁裡面冒出來的水珠。也許這整個走廊都在從裡往外地冒汗。我用指頭觸碰了一下牆壁，它又溼又涼，猶如快要死去的人的額頭。我在拐彎的地方一回頭，看到樓上門口探出來的兩個腦袋，他們正從後面打量著我，兩人的眼神都彷彿受了驚嚇。他們衝我微笑著，但在笑容後面我看到，他們被我嚇了一跳，恐怕要等我離開這棟房子他們才能鬆一口氣。

我站到了我曾從這兒走進通道的門邊，這扇門通向那第二個小院。我抓住門把，用全身的力氣使勁一轉，門開了。一塊灰泥和磚頭掉在我的眼前。

「別往那邊走！」烏利從上面嚷道。

「沒事！」我衝上面喊了一句，「我只想看看你們的小院是個什麼樣子，看看你們那個倒楣的院子。」

然後我站到了一堆碎石中間。二樓所有房間都亮著燈，博士房裡的吊燈也亮著，透過那敞開的窗子，可以看見那株掛在燭台上的茂盛的大文竹。我小心翼翼、輕而又輕地邁著步。房裡那塊白色的桌布潔淨而明亮，桌布上的小玻璃杯裡插著幾株石竹花，旁邊擺著一罐啤酒。博士坐在爐灶前，兩腿伸直，雙手枕在腦後，兩眼望著屋角落某個地方，就這樣坐在他引以爲驕傲的房子裡，安安靜靜地一個人。

我悄悄地離開了這個地方，沿著灰泥塊中的那一排板棚，一腳碰著了一塊磚頭，然後我便站到那六級台階處了。往下走，就看到那位愛乾淨的金色頭髮的太太躺在沙發床上，頭上夾滿了髮卷。她深深地歎了一口氣，胸脯明顯地起伏了一下。桌上那束被燈罩分成兩半的假花在閃閃發光。突然，這位太太無緣無故地大聲打了一個呵欠，這呻吟彷彿從她的手指頭一直延伸到腳上……我悄悄走到院子的通道裡，可愛的煤氣路燈照在大門上方的小窗上，我搖晃了好幾下，感覺到被溼牆磨得一身潮乎乎的。我厭惡地走出大門，來到巷子裡，這裡卻很美。我仔細瞧了瞧自己這一身，兩隻袖子活像被一把在石灰水桶裡沾溼的刷子塗抹過。令人快慰的煤氣燈光迎面照射著我。小巷裡空無一人，一直等我來到大街上我才舒心地吸了一口氣。大街上滿是行人，來往電車川流不息，一家家商店燈火輝煌，更有街心車站上令人感到舒適愉快的紫色燈光……

3

我總喜歡早一個鐘頭，有時甚至兩個鐘頭到我工作的飯店去。日什科夫，我住的那五層樓上有一股酸白菜味。艾瑪，我那位大媽，自從她丈夫死了之後便沒有心情收拾屋子，痛苦得也顧不得打扮自己，單是帳房裡這份工作就讓她累得夠嗆。據她說，房間裡過去擺滿了鮮花，如今在放餐具的櫃子裡擺著她丈夫的骨灰盒。有時候我甚至覺得，這整間公寓，這整棟樓就是一個大骨灰盒。所有通道上、房間裡都灰塵遍布，而且溼答答的，連通道上那些燈泡發出來的光，也像萬靈節那一天在奧爾沙尼墓地上的燭光一樣。而巴黎飯店卻完全是另一個樣子。從它的餐廳、咖啡廳、小客廳，以及通到樓上各個房間的走廊，到處都亮堂堂，而且到處裝飾著鮮花，就像一直到大戰結束時我們家裡那樣。在飯店裡一天到晚都開著燈，牆上裝有燭台式的水晶玻璃燈，到處都布置得讓你感覺像一個寧靜舒適的家。我就喜歡在這飯店裡待著，所以我有時早一兩個鐘頭去上班。先是像客人一樣坐在這裡喝杯咖啡，吃一塊有奶油的巴黎蛋糕，抽一枝煙。餐廳服務員們招待我，對我微笑，因爲他們心裡明白，過不了一會兒我就得坐到廚房的櫃檯後面去，忍受炎熱、煙熏和刺鼻的煎炒味。廚師盛到服務員端著的盤子裡的一切都得經過我，由我登記之後才端出廚房。我喜歡待在這飯店裡。這裡的走廊都鋪著深紅色的地毯，所有洗手間的牆壁都鑲了瓷磚和飾有黃銅花邊的鏡子，臨街的窗戶開得很高，窗簾暗淡柔和，整個巴黎飯店顯得高貴而華麗。

這裡讓我忘記一切煩惱，這飯店讓我回憶起我家的別墅洋樓，還有我的爸爸。即使他已經去世，我仍然愛他；他也喜歡我，愛給我買禮物。我爸爸很有紳士風度，是維也納人常說的那種很會生活的人。他講究衣著，拄著一根上面飾有金屬色皮的手杖，他上午穿一件乾淨襯衫，晚上再換一件。

我很高興待在這飯店裡，我在這裡環顧四周，每次都能從它牆上發現一點新東西。直到如今我才注意到，牆上的壁紙是米色的，上面飾有花邊。我現在才注意到，這飯店的風格不喜歡房子空空蕩蕩的。牆上安著吊有響墜的水晶吊燈、大小鏡子，中間裝著一座巨型威尼斯水晶玻璃吊燈，像我們家飯廳裡那座一樣，我喜歡待在飯店裡。上班前坐在這裡，讓我發自內心地微笑，因爲我爸爸，當他跟他的貿易夥伴談生意時，不是住在薩克斯飯店，就是住在這家巴黎飯店。他的外國朋友們也住在這裡，我爸或從他們那兒買進、或向他們賣出木材與貴重三夾板。

自從拜訪過住在利本尼的莉莎之後，我變得更憂傷了。既然我處在這樣的底層，眞不該到那裡去露面，我不該像去教堂懺悔一樣向他們訴說自己的情況。正因爲我讓他們瞭解了我的底細，他們才嚇壞了，只希望我儘快離開他們那裡。我不該讓他們看到我穿著破裙爛鞋，頭髮亂糟糟的。

如今我坐在巴黎飯店的餐廳裡。在轉角的一間敞開著門的小客廳中正在舉辦婚宴，到處堆滿了鮮花，一束婚禮花束像暖洋洋的噴泉一樣聳立在婚宴桌子的中央。參加婚禮的人個個笑顏逐開，新娘和新郎早已共用一個碟子一根勺子⑫喝過了湯。我來的時候，正趕上餐廳服務員領班馬舍克先生在婚宴開始之前將兩個碟子摔得粉碎，以祝福新人一生幸福。我坐在這裡，興致勃勃地看著我們的服務員怎樣從廚房裡出來，一個盤子托著十碟飯菜，又怎樣後仰著身子，不托盤子的那隻手朝後伸著，以保持托住盤子的那隻手的平衡。我還看到鏡子裡映照出增加了好幾倍的婚宴席、賓客和服務員。我還要在這裡坐上一會兒，再抽兩枝煙，然後到廚房裡去上我的下午班，一直到晚上十一點鐘。一直

---

⑫在捷克新娘新郎共用一碟一勺喝湯的習慣類似我們這裡新娘新郎喝交杯酒。

到夜裡我都將坐在這個灶台和煤氣爐上方安了個大通風頂棚的大廚房裡，看著那些燒過頭的油汁、熟肉、烤肉、烤雞和煎牛排的香味不斷地往上冒。這些現燒的肉菜也必須用猛火才能燒出它們的脆勁和香味來。我看到擺到餐盤上的只是一塊煎乾了水分的香噴噴的肉，再將湯倒在銀製湯杯裡，將韃靼調味汁倒在銀製長頸寬底杯裡，一切按照顧客依菜單挑選的上桌，這一切也都得經過我這個巴黎飯店的出納會計登記才上桌。現在，用刻花黃銅裝飾的活動門已經敞開，裡面是撞球室，我看到那些正在打撞球的低著頭、專心致志地注視著耀眼的綠色絲絨布上的一個個撞球。燈光從上方射到暗色的鑲金屬邊的盒子上，那些沒在玩的顧客或拄著球桿，或用巧克摩擦自己的球桿頂端。

「我可以坐到您這兒來嗎？」我抬起眼睛，看見一位顧客謙恭地站在我面前。

「您要在這裡用餐嗎？」我問。

「要用餐，不過這是以後的事。我想請您喝一杯。我太孤單了，我孤身一人在這兒……」客人說。看上去樣子還蠻可愛。我回答他：「我一會兒就得開始工作，我是在這裡上班的人，您明白我的意思嗎？」

「我可以等您下班嗎？」那客人還在堅持。

「這大概不可以。上完班我累得要死，滿腳灰塵，頭髮也滿是廚房裡的菜味。」

「對不起！」客人說了一聲抱歉便走開了。他竭力大大方方地走回他原來的座位上他的朋友們中間，努力讓人看不出他在我這兒碰了一鼻子灰。

相當討人喜歡的一個男人，這倒是事實，可是我已經沒有心思玩樂了。我的的確確只有在家裡的那個時期才快快樂樂地玩樂過。當爸爸的房子常常高朋滿座的時候，我也曾經是人們注意的焦點。因爲我那時正好十五歲，後來十六歲，甚至鏡子和人們都對我說，我長得漂亮，連我爸也這麼說。當我姐姐結婚時，帝國軍隊裡最年輕的一位將軍馮・諾登來爲新郎當證婚人。參加婚禮的人有一半都穿軍服，甚至包括新郎倌本人，至今東柏林和德勒斯登的軍人還穿著的那種漂亮軍服。那個時候我的確漂亮，身材也很好，因爲我去上過舞蹈班，還練過體操，我曾想當個像拉・楊娜那樣的舞蹈演員。如今只剩下了一點點痕跡，即我隨便往哪兒一站，都是準備起舞的姿勢，右腳尖向外撇。我那時候是很漂亮，因爲下午那位最年輕的將軍帶我在後花園盪鞦韆時，我的手緊緊抓住兩邊的繩子，他的手總要抓著我的手指送我往上擺。我來回盪的時候，我們倆總要對視一下，時間好像停留了一秒鐘。我注意到他長得像馬龍・白蘭度⑬，我盪鞦韆的時候都覺得空

⑬白蘭度（Marlon Brando, 1924-2004），美國戲劇和電影演員。主演《岸上風雲》、《教父》均獲奧斯卡金像獎。

氣閃爍著火花。那時候，我不僅從我爸爸那裡，而且也從將軍本人那裡聽到讚美我很漂亮的話。那個晚上我們還跳了舞，我眞是幸福得心花怒放。後來他上前線了。過了一段時間聽人家說他遭到了游擊隊的槍擊，後來在喀爾巴阡山脈某個地方被人打死了。我哥哥卡雷爾這時卻從前線回來，隨野戰醫院回來。他的下巴在基輔某個地方受傷了，正趕上我過生日，我哥哥卡雷爾卻包紮著腦袋從前線回來了。這個曾經在布拉格學工科，代表斯拉維亞隊參加划船比賽、和捷克朋友們去找捷克姑娘談戀愛的卡雷爾，原本跟我們一家住在蘇台德區⑭，因爲是帝國公民⑮，不得不上前線，結果帶著受了傷的下巴回來了。我過十六歲生日的那一天，屋裡坐滿了客人，烏利和莉莎也來了。卡雷爾對大家說，

---

⑭蘇台德區，在捷克境內北波希米亞和莫拉維亞的一部分。是第一次世界大戰後作爲特區並歸捷克斯洛伐克的。居民以德國人爲主，一九三八年慕尼黑會議參加者屈服於希特勒，將蘇台德區讓給德國，蘇台德的德國人也爲德國吞併蘇台德做了大量工作。第二次世界大戰後，蘇台德區被歸還捷克斯洛伐克，但境內的大部分德國人被遣返德國。

⑮因當時蘇台德區已劃給德國，所以當地居民都屬德意志帝國的公民。

住在布拉格的那些日子是他一生中最幸福的時期。他不光是覺得，而是堅決認為，帝國一定會輸掉這場戰爭。我現在坐在巴黎飯店裡，清楚地回憶起那一天。卡雷爾那次說對了。儘管媽媽和莉莎都扯著嗓子喊，說希特勒有秘密武器。我記得我當時看了爸爸一眼，他神情憂傷，什麼也沒說，但他已經知道，卡雷爾的話是對的。

我站起身來，環顧了一下巴黎飯店的餐廳，隔著窗簾，我看到街上的行人川流不息，猶如紛紛飄蕩的雪花。我不用付錢，這點消費算是我們員工的福利。我的目光開始移到飾以石膏刻花的柱子上、大大小小的水晶玻璃吊燈上。然後我走出餐廳，經過走廊，進了廚房。我突然想起剛才在走廊上看到那扇敞著的小客廳的門，便又走了回去。我的手正扶著廚房的門把手，眼睛盯著小客廳裡面。參加婚宴的客人正舉著盛滿香檳的酒杯在敬酒，坐在鏡子下方的新娘瞇著眼睛在微笑，她頭上戴著飾有桃金孃和白絲帶的髮箍，緞子婚禮服的領口開得很大，到了肩膀那兒，胸前一束紅色的石竹花。我不禁有些吃驚，因為新娘長得有點像我。我本是為辦婚事才到布拉格來的啊！我想像中我的婚禮也跟這位姑娘的一樣，準備在巴黎飯店設宴。可是，我的那位爵士樂吉他手和歌手，我曾經為他洗過多少臭襪子髒內褲，熨過多少帶色的襯衣和運動服啊！他讓我到布拉格來，自己卻和我從未覺察的另一個女人結婚去了。我雖然知道，我的這寶貝情人跟好些女人有交往，可沒想到他卻娶了這個女人。而我大媽——他的媽媽——卻在為她的兒子、我的未婚夫痛不欲生。他眞不是人，我完完全全被他耍了。

我放下門把手，關上了門，待在廚房裡。這裡熱得我汗流浹背。爐灶旁站著兩名年輕廚師，跟兩個鬼似地齜著牙對著我笑，像雜技演員一樣用平底鍋來來回回拋著那兩塊煎肉，免得燒焦，還忽這忽那地抓些調味料放到裡面。十名幫廚分別站在各種廚用小機器旁邊切菜絞肉，忙得連頭都不抬一下，好讓巴黎飯店的客人能吃飽吃好。上早班的廚房出納艾娃下了工作台。她只穿一件白袍，裡面光戴了副胸罩。她讓我看她熱成什麼樣子了，將胸罩一解，兩個乳房像泡在水裡的兩條魚。她剛哭過，滿臉淚痕，化妝的顏色同淚水混在一起，因爲她不僅愛抹口紅，還愛畫眉毛，甚至還黏著假睫毛來上班。她爲丟了她那隻心愛的貓而哭，比她的男朋友甩了她還要傷心。艾娃拿走了她的單據和帳單。我便換上白袍，插了一枝小白粉筆在頭髮裡，用夾子夾住。我和艾娃交接班時，互相碰了碰額頭，閉上眼睛，就這麼待了一會兒。然後她睜開眼睛深情地看了看我。她是我在這裡最親密的一位朋友，很知心。如今她抬起她那雙美如秋菊的眼睛，朝她的更衣櫃走去，我便坐到了她剛剛離開的工作台後面。這時，餐廳服務員們正端著托盤，等著我給他們開具帳單，他們也是剛換上來接下午班的。領班馬舍克先生右腳向後一挪，給我行了個宮廷式的鞠躬禮。他跟往常一樣頭髮抹得油光光的，彷彿剛從洗澡間出來。他滿臉笑容，因爲他有位心愛的女兒，一個名叫漢娜的十四歲小姑娘。馬舍克先生每天早晨四點鐘就開著車，帶她到什瓦特尼采的冬運場去練花式溜冰。在所有這群學生中數他的漢尼奇卡最棒。馬舍克的遠大目標是要將女兒培養成共和國冠軍，甚至歐洲冠軍。他對我還不錯。他聳聳肩膀，轉過臉來看著我，意思是問我是不是有了永久居住證，好讓我能在這裡謀個穩定的職業。實際上是他在偷偷讓我在這裡打黑工。我也聳了聳肩膀，羞赧地微微一笑，意思是說八字還沒有一撇哩！他揮了一下手，表示沒法子，只好等一等，再等一等。餐廳服務員博列克一頭黑髮，中間分線，他則既不喝酒，也不玩牌，甚至也不找女人，儘管他長得頗帥。他一心一意只惦著他的那條小狗。聊天的時候，他總是三句話不離他的小狗如何如何，就像餐廳領班馬舍克先生常常帶著他的漢尼奇卡上這飯店來一樣，博列克總是帶著他的小狗來飯店上班。他工作的時候，小狗便在他兩腿之間繞來繞去。到他們兩人都下班時，各有各的目標，美好的目標，使他們高興，讓他們期盼而又伸手可及的目標。而我只有我那位大媽艾瑪在日什科夫那個家裡等著我。她給她的兒子寫信說，由於他對我不仁不義，她不要這個兒子了。我卻求她寫信告訴她的兒子，說我不生他的氣，事情就該像現在這樣。我現在一切都想清楚、看清楚了。都怪我自己不會討人喜歡，我甚至一點兒也不會生活，主要是我不會穿著打扮，實際上是我自己自願當了灰姑娘。我讓別人和自己都覺得我因沒有了爸媽而難受。我爸媽死了，我便成了孤兒，我穿得破破爛爛，鞋也不擦。我洗個澡都覺得費勁，因爲我已無所期盼，不像馬舍克先生、服務員博列克他們那樣有個什麼期望可想，也不像那兩位年輕廚師，一個勁兒地看錶，因爲他們盼著下班，好解下圍裙，摘下廚師那頂白帽子，跑到巴黎飯店外面走廊上，騎上摩托車就走。他們兩個都在練車準備參加比賽。騎摩托車是他們最高興不過的事了。而我們的大廚巴烏曼先生，他最得意的是他在廚房裡所做的這份工作，諸如制訂第二天的菜單啦，安排廚房人員的分工啦……實際上他是這裡最幸福的一個。對於巴烏曼來說，當廚師是他的一切。廚房的所有聲響、氣味都使他覺得很舒服，連響聲很大的洗碗機、洗馬鈴薯機、幫廚女工的大聲喧嘩以及穿堂風都惹不起他的煩惱。大廚巴烏曼先生就是這麼一個人，所有最地道的家鄉小吃都由他親自掌勺，像馬鈴薯湯啦、大餅啦、馬鈴薯麵糰啦、烤麵包啦……我們大家聞過多少我們廚房的特色菜的調味料香味啊！我們最愛吃的是那些最普通的農民菜，有時還有那些窮人家吃的菜。大廚師傅什麼都知道，什麼都有主意。有一年春季航空節那天，我們運了一千一百公斤熱香腸到魯西尼機場去賣。我和艾娃穿著白袍戴著白髮帶站在那裡。可是天公不作美，我們攤位的帳篷頂上每隔半小時就積滿了一窪水，連中午、下午都沒停雨。雖然天氣相當暖和，也沒有人到機場來慶祝航空節。於是我們只好又把一千公斤香腸運回來，老闆已將這筆帳註銷掉，等於白扔了這一千公斤香腸。可是大廚巴烏曼先生叫服務員們去買了二十個裝過鹹鯡魚的空桶來，洗乾淨，然後讓廚房裡所有的人去切洋蔥。大家爲切這一百公斤洋蔥而淚流滿面。大廚巴烏曼自己也一會兒都沒歇著，他親自將豆葉鋪在洗乾淨的鹹魚桶底上，然後鋪上一層香腸，再鋪上洋蔥圈，撒上胡椒粒混合調味料，再讓廚師們煮了一百公升的滷汁澆在這一千公斤香腸上，然後蓋上蓋子，放到冷藏室裡。每次做馬鈴薯沙拉時都從這裡取香腸。有一回大廚師傅拿個碟子裝了一些香腸來嘗嘗味道，還讓其他人也品嘗品嘗。從此大家意見一致，不再把香腸拿去做沙拉給客人吃，而要留著自己品嘗，按成本收費，我們吃了不止一年。

這位大廚也很喜歡我。他的身材跟我爸一樣。也是他安排我到這裡，儘管我在布拉格沒有長期戶口。每當人事部門堅持要我報上長期戶口才能在這裡工作時，他便替我說話。這位大廚的體重也跟我爸爸的體重一樣，有一百三十公斤。人家說他只要休假，便跟全家一起從布拉格七區坐車到布拉格一區住三個禮拜，全家都住到巴黎飯店。老婆孩子出去逛街，大廚巴烏曼先生自己便待在廚房裡工作，因爲他無法想像自己離開我們的巴黎飯店能在別的地方待得住。聽說巴烏曼先生原本是布朗台斯先生的徒弟。布朗台斯先生很嚴厲，有時還打員工耳光，因爲他喜歡他們，希望他們把本事學到手的心切。至今巴烏曼先生還時不時包上一包吃的送到克拉諾維采布朗台斯先生新搬的住處去，算是我們的一點心意。因爲去年布朗台斯先生一拍腦門子說，他曾發現騎士街的布拉格商場有個空著的冷凍箱位有人忘了退掉。那一次他在喀爾巴山區森林裡獵到一頭鹿，便親自將這頭鹿送到那冷凍箱裡，他說或許那頭鹿直到今天還凍在那裡，肯定凍得跟西伯利亞猛獁象一樣硬邦邦。巴烏曼先生去打聽了一下，說那裡果然有家名叫「天堂」的國營企業繼續在爲這個冷凍箱位付租錢。於是巴烏曼先生便帶著存貨證明，從守衛那裡拿到鑰匙。他讓我跟他一起坐供貨車下到地窖這個冰冷的帝國。我們終於找到並打開了布朗台斯先生說的那個冷凍箱，裡面放著一頭凍得硬如岩石的鹿。巴烏曼先生用屠夫的普通鋸、弓形鋸都沒能將它鋸斷，直到他從白鐵鋪那裡借來一把鋸鐵用的鋸子，我們才把這頭鹿的腿和脖子鋸下來。我們把它拖出地下室，裝到供貨車上，將這頭大如一頭小牛的鹿運到了巴黎飯店，大家七嘴八舌說必須讓那頭鹿立即解凍，好讓我們員工好好飽餐一頓。可是巴烏曼先生嚷嚷說：「你們還算得上廚師？要這樣就糟了，得讓這頭鹿慢慢地慢慢地解凍，就像高山上化雪一樣慢而又慢，放上兩個月，就像鄉下準備做燻肉那樣先醃著。」

大廚巴烏曼先生就是這樣一個人，他無比熱愛巴黎飯店；服務員領班馬舍克先生則是這樣一個人，他酷愛著他的女兒，幸福得容光煥發；而博列克又是另一個樣子，一心只想見到他的那條小狗……就連我們廚房裡的那些女幫工，一個個也都有點什麼夢想願望。她們有著自己的情人：建築工、飯店裡清理垃圾的清潔工、鍋爐工。找個什麼樣的男人她們都樂意，只要有點兒喜歡她們就行。她們圖的是有個人可等、可說說話。我經常碰上這樣的情況：門一開，裡面站著一條大漢，說得更確切些是一個邋遢漢子，女幫廚在切洋蔥，手裡拿著菜刀，臉漲得通紅跑了出去，兩人在門外走廊上嘀咕了幾句什麼，沒多久，那漢子甚至還像古時候的胸甲騎兵一樣吻了幾下我們的幫廚女工。還有一次我跑到廚房外面，看到我們的一位女幫廚一隻手拿著菜刀，另一隻手伸到那邋遢漢的褲子裡去摸他。惟獨我沒有任何男人，只有我的艾瑪大媽在日什科夫的家裡等著我。她最近開始責備我對她不知感恩，說她收留了我，我應該更懂得報恩，說我作爲她的乾女兒，卻很少聽她的話。

整個廚房有好幾個小時就像悶在炮筒子裡一樣。我根本就沒法擦汗，只能用胳臂輕輕地抹一下。我們所有人就像二十名射擊手在同時對著廟會上的二十個靶子射擊，剎那間所有打靶機器都在動。

突然廚房門開了，衣帽間的女服務員跑了進來喊道：「艾麗什卡，你有信！」

大家都望著那封信，我驚訝得差點兒沒倒在櫃檯後。這是給我的信？女服務員戴上眼鏡，隆重地讀了信封上的地址。地址沒錯，是寄到巴黎飯店來的。

信！令人欣慰的信！「艾麗什卡，誰給你來的信啊？誰啊？」餐廳服務員們在起哄，大廚巴烏曼先生也在起哄，大家都在起哄。我羞得滿臉通紅，因爲誰都不大相信我竟然還能收到信。我在這裡眞的成了灰姑娘，一個被遺棄的女人。她並不是因爲不漂亮，而是她自己宣布過她做什麼都不行，是個倒楣鬼，把什麼都看透了、對什麼都不抱希望的人。等到大家都又開始做自己的工作時，我拆開信，不禁大失所望，原來是我姑姑從維也納寫來的。我讀著這封信，開始覺得膽戰心驚，到後來我卻爲自己這種驚嚇而笑了。這封信使我的心豁然一亮，它指引了我一條路。「我親愛的碧朴莎，從維也納衷心地問候你。我聽到關於你的一些壞消息。你要記住你是什麼家庭出身的。你的姑姑，碧辛卡，儘管很窮，但總是穿得乾乾淨淨，打扮得優雅、大方。碧朴莎，要是你爸爸還活著，看見你這個樣子，他會怎麼說呢?他可能會說:『你聽我說，你要是自暴自棄在人家面前像團糟飯，人家就會把你當一團糟飯看待。』我說啊，小姑娘，你加把勁讓大家看到你像一個巴黎蛋糕吧!那麼大家也就會像對待一個有奶油的巴黎蛋糕一樣來對待你……你的姑姑從維也納給你捎來一個吻。碧辛卡。」

4

有一天，我去了市中心，逛了逛街，繞著鐵街、金融大街的櫥窗轉了轉，可是我只專心地看了鞋子和衣服。我邁步在市中心的街道上。啊，這是我曾經常常穿的那種鞋！一雙紅高跟鞋，一雙像珊瑚一樣紅的鞋，就像我家花園裡常開的那種燃燒著愛情的小紅花一樣！我立即買了兩雙紅高跟鞋，而且勇氣倍增，馬上又到焦街去試穿了一套義大利服裝。我說：「既然這套衣服這麼合我的身，我就穿著不脫了。您幫我把那套舊的包起來吧！」於是我便穿著紅高跟鞋和深藍色的衣裙走上了大街。我邊走邊藉著櫥窗玻璃打量自己。我在第一個通道裡便把裝著舊衣服的提袋扔掉了。從通道口出來時，覺得自己像扔掉幾個沙袋包袱。可是我知道這還不夠，我還得有個像樣的髮型。

於是我便走進美容院，先洗了個頭，讓他們幫我把頭髮剪掉，像現在的女籃運動員、女排運動員和勞教所女犯人的那種髮式。當我離開理髮店的鏡子來到街上，我第一次看到我在別人的眼裡已經開始有了一點兒巴黎奶油蛋糕的風味。因爲我從來不知道怎麼擺放我那兩隻手，於是我到百貨公司去買了一把最漂亮的雨傘，帶有一個堅硬的人造塑膠傘柄。於是我便踏著輕盈的步子走在大街上，就像我爸爸在世時帶我出門散步的那副模樣。儘管他那時的體重是一百三十公斤，但卻步履優雅而富有彈性。如今我獨自一人漫步，我這個在結婚問題上打了敗仗的人，如今自己戰勝了自己。我還替自己買了口紅、眉筆。從這一瞬間起，我已經不再在乎我有沒有布拉格長期戶口，彷彿我只是丟失了公民證而已。當我登上開往利本尼的電車後，我絕沒像個膽小怕事的小女子畏縮地坐在角落裡，而是蹺著二郎腿，拄著錦葵藍的傘柄，搖晃著穿紅高跟鞋的腳。這個耀眼的紅顏色，還有我這身嶄新的義大利服裝給了我力量。我抬起了眼睛，大大方方正視著周圍的乘客。我甚至露出了微笑，向人們點頭致意和回應人們的友好目光。街上和車站上的行人在我眼裡一個個都既可愛又漂亮。在電車行駛中看到的每棟房子，在陽光照射下都光彩奪目。電車駛過幾處兒童遊樂場時，只見場上的孩子們像散落在四處的寶石。電車駛過利本尼橋時，我站起來，手扶窗子，瞧我看見什麼了？布羅夫卡醫院！這些坐落在山坡上一棟棟的房子使我想起畫報上的幾張西藏圖片。布羅夫卡山坡上的這些樓房，就像有人擲下的一顆顆美麗閃亮的骰子。電車轉彎到了利本尼的赫拉夫尼街，我的臉微微紅了。電車行駛中我連一家商店也不漏地打量著每一個櫥窗。我打算在劇院旁邊、一轉彎就是堤壩巷的那個站下車。電車駛進這條大街時，我覺得似乎走在我十六歲時候曾經經過的布熱茨拉瓦大街上。那時候，布熱茨拉瓦大街就跟這條大街一樣漂亮。我一路默念那一家家小飯館的名字：世界自助餐館、雄鷹飯館、綠樹餐廳、莉布舍飯館、老啤酒桶飯店，然後便是叫花子酒家、查理四世酒家、城徽飯店、費爾克酒家，最後是鐵匠鋪飯館。我就在這一站下了車，因爲有一家小巧玲瓏的糖果店讓我百看不厭。糖果店的房子又矮又小很誘人。電車在這兒剛好有一站。後來我又上了車，繼續往前進。這條利本尼大街我總也看不夠，但最使我激動的是名叫紅圓頂的那幾座小房子，幾間透著火光的小廠房和小工廠。這一切都掩沒在一片灌木樹林的綠蔭之中。房子後面的小山坡上聳立著一座破舊的農家院落。我一邊乘車往下走，一邊看著自己這一身漂亮的打扮。我的新鞋新衣裙新雨傘彷彿都散發著芳香，就像爸爸在復活節前的禮拜六總愛給我買的那套全新的裝束一樣。

電車再往前朝利本尼鎮裡開去。這個小鎮讓我覺得像是在霍多寧鎮——我一直住到十六歲的地方。利本尼實際上是一座鄉間小鎮，跟我現在住的日什科夫區完全不一樣。在這裡，我坐著電車經過的這一帶看到的是小公園、樹林和羅基特卡小溪；而在日什科夫，所有的房子都是用石頭造的，就連日什科夫區的那些街名都讓我聽了毛骨悚然：像是骨骼廣場啦、托馬士・什季特尼街啦、民兵街啦、長角獸街啦、猶太爐街啦……就像聽到勞教所、兵營和監獄一樣可怕。這些街道常常冒出一股鬃毛般的臭味來。讓我驚訝不已的是這利本尼郊區竟然如此地美麗，這裡的年輕婦女也穿得很漂亮。我不得不趴在窗口上，好讓自己飽覽風景。我還看到在這條大街上的年輕婦女也穿跟我一模一樣的衣服鞋子。這條大街對這些婦女來說不僅是採購的好地方，而且是她們搔首弄姿表現自己的好場所。她們甚至伸著指甲塗了顏色的纖手彼此觸觸碰碰、談笑嬉鬧，而且還總是有時間以男人的眼光來評價彼此。我對這一切都給予高度評價，包括她們站立時那種舞蹈演員基本姿勢。這是我曾經經常擺過的姿勢，現在我在電車上也以這個姿勢站著。

我已經下車，站到了站台的陽光下，瀏覽著劇院的櫥窗，然後是女裝服飾店的櫥窗，我不知不覺地在一個展示著婚紗、禮帽及髮飾的櫥窗前停住了腳步，臉不禁紅了起來。我環顧了一下四周，擔心被人看見我這副樣子。因爲，就在不到三個月前，我的未婚夫打發我到布拉格來準備我跟他的婚禮。而如今見到的一切彷彿都在嘲笑我，對我做鬼臉。我那天殺的戀人，打發我來布拉格，說是讓我來準備我倆的婚禮，結果讓我在這裡當個嫁不出去的老姑娘，他卻安安穩穩跟別的女人結婚了，而且跑得老遠。因爲他知道得很清楚，把我惹毛了，在我準備自殺之前會先用把菜刀殺死他，我會用把鈍刀將他慢慢地鋸死。如今，在各人家裡，在巴黎飯店，到處都在舉行婚禮，櫥窗裡展示的也都是婚紗、禮帽、結婚用的髮飾髮冠……我臉紅了，覺得彷彿擺在面前的這一切，都是有人給我設的圈套，跟殘酷的偵探小說中一樣，眞是見鬼了！

轉個彎到了堤壩巷，儘管我來過這裡兩次，在這條小巷子裡還是讓我覺得很舒適、愉快。這條小巷在老遠的地方就拐了彎。我緩慢地走在巷子裡，在我的右邊聳立著一座高樓，我一眼就看出這是一家生產工具或者其他跟木材有關的東西的小廠。我聽到了圓鋸和條鋸的悅耳聲音。我看到了直到五樓上的柵欄窗子。鋸末和溼木料的香味一直飄到了車站上。我還看到院子裡的工人在整理木框木架，將它們平放在柵欄窗裡，以免彎曲。我還看到工人們將木條整齊地放在木板上，就像我爸爸從前的那個木材廠所做的一樣。我爸爸曾跑遍全世界購買所有貴重木材，他去過喀爾巴阡山、安第斯山、阿爾卑斯山，甚至黎巴嫩山，隨身只帶著一本支票簿和一把小槌子，槌子的一端刻有爸爸的縮寫姓名，爸爸用槌子的另一端敲打著任何一棵樹幹，只要一槌下去，被捶的樹幹便蓋上了他的印章，這棵樹就算被他買下了。爸爸總是在兩個月、有時三個月之後回到家裡。每次回來都會帶禮物給我、也會來吻我，因爲他喜歡我。我之所以愛上堤壩巷這條小巷子，是因爲我看到雖然這裡並不生產貴重的三夾板，也不生產高檔傢俱，而是那爲免變形而擺得平平整整的門框、窗框及木條木板，還有那鋸木聲，那木材香味……

我這樣沉思著緩緩地邁步，珊瑚紅的高跟鞋在藍色裙子底下一左一右地朝前移動。我的雨傘有節奏地在一擺一晃的裙子前面挪動著，有人對著我喊道：「今兒個下半日的天氣眞棒，不是嗎？」

「您說什麼，太太？」我嚇了一跳。

「今兒個下半日天氣眞棒！」是二樓一位老婦在喊叫。她的眼睛斜得厲害。我之所以嚇一跳是因爲她說話跟我大媽一個樣，管「下午」叫「下半日」。管「橡皮」叫「擦子」，管「陽台」叫「吊樓」，管「鞋油」叫「鞋膏」。從二樓上站著那位金黃頭髮的斜眼老太太那座樓的一樓裡跑出兩位小姑娘，兩人想同時從門裡擠出來，跑出來之後又喊又叫又哈哈大笑，笑得都咳嗽起來。她們彼此都想湊在對方的耳朵說個笑話或傻話，可是另一方又總怕耳朵癢癢。她們又喊又叫又笑又跺腳的，恐怕連尿都快笑出來了，鬧得整條巷子都聽見。……我抬頭一望，發現窗台上寫了個看板，油漆已有些剝落，但還認得清楚：「專賣刮臉用的小毛刷和理髮用具」。這條小巷眞是令人感到既親切又愉快。最主要的是我獨自一人在這兒漫步觀賞，就像我十六歲的時候那樣，邊走著邊盼望迎面出現點新鮮事。

一轉彎便到了另一條名叫魯德米林納的小巷。那兒有座圍著籬笆的花園，曾經有家花園餐館。有六棵老栗子樹，靠牆角曾經還有座保齡球場，然後就是一幢門牌上寫著豪斯曼宅的樓房。那兒有堵矮牆，牆面坑坑洞洞，在陽光下閃閃發亮。哪兒也見不到一個人，當從小巷的另一頭跑出一個年輕的茨岡人時，我的臉上頓時露出了笑容，他穿著一條綠色的女式連衣裙，將手裡拿著的平底鍋放在矮牆上的太陽底下，狼吞虎嚥地吃起來。

他一看見我便哭訴著：「太太，我那一口子想要我們的女兒海萊卡馬上去工作、去賺錢，但我跟海萊卡的想法一樣，讓她去學門理髮的手藝。您說對不對，太太？」茨岡人說罷對著平底鍋哭了起來。

我停住腳步，拄著雨傘，兩隻小紅鞋擺成舞蹈演員的基本姿勢。

茨岡人從這裡看到了支持，他連忙跑到剛才從裡面翻越出來的窗口，用叉子指著我衝著窗子裡面嚷道：「喂，你聽見嗎？這位太太也贊同我們海萊卡去學理髮！」可是還沒等這茨岡男人轉過神來，窗簾一拉，從窗子裡跳出一個茨岡女人，看上去比這茨岡男人要老得多，但實際上絕對比他年輕。我認識日什科夫區我們街上所有的茨岡人。這個茨岡女人狠狠打了她男人一拳。這個穿著綠衣裙的茨岡男人在我面前摔了個大跟斗。他留著八字鬍，仰面躺在地上，手裡還舉著吃飯的叉子在自衛。茨岡女人笑著對我說，她的丈夫羅約什沒有一點兒用。我注意到他的門牙缺了一半。我從茨岡男人的腿上跨了過去，聳了聳肩膀，繼續走我的路。今天我才懶得去管海萊卡是不是學得成理髮，今兒個下半日天氣好不好哩！我走過一個小廣場，然後從遠處便看到有好幾層樓的米黃色房子前面的那盞煤氣路燈了。在拉下的簾子下面，我看到了「長眠燈和骨灰盒」的招牌。然後我便站到那盞煤氣路燈旁了。我紅著臉，有點兒不知所措。他，那位博士正在想什麼呢！他在不在家呢？當他知道我哪兒也不去，專門來找他，看看他在不在家、在幹什麼，他會怎麼想呢？這一瞬間，我眞恨不得立即往回跑，一口氣跑到車站上，跳上開來的第一輛電車，只要立刻離開這座樓就好，我想逃得遠遠的。可是當我一邁步，便又看見我腳上的這雙紅鞋；又當我看到自己拄著的雨傘向前挪了一步時，我不禁感到有些害羞了。我重複了一下這動作……你必須，你必須鼓起勇氣！我轉過身來，一下推開了進入樓院的大門！我已站在沒有陽光的陰影下，前面便是那潮溼的通道，通道直通到院子裡。小院裡灑滿亮燦燦的陽光，陽光照在布滿爬山虎的院牆上。爬山虎的每片葉子都像抹了層油似的油光閃亮。而所有這些門框彷彿是一件件珍貴的畫框，這所房子的院落看去眞是美不勝收。我進了院子。不錯，這個窗戶裡面住的是那位愛乾淨的太太。這兒是通向另一個小院的六級階梯。我上了階梯，來到了另一個小院，環顧一下四周，對，這就是那座兩層樓的建築，這就是那個可愛的窗戶……

「你好！你好！下午好！」

一個男人的聲音從板棚頂上傳下來，外加打字機的聲音。我一回頭，只見博士坐在陽光下的一張矮凳子上，他面前的椅子上放著一架打字機，兩個膝蓋朝外撇著，專心致志地敲著一架小打字機鍵盤，從這裡蹦出一個個字母。博士的指頭不停地敲打，紙上的字句成行成串，一頁滿了，博士轉動滾輪，將打好的一頁取出來，放成一落，用塊小石頭壓著，裝上一張新紙，接著往下打……

「等我把這一點寫完，我就從我這塊天地走下去找您！」博士快樂地嚷道，然後接著打字，還邊打邊嘮叨：「我要是不把這點兒寫完，就再也寫不出來了。因爲美麗的思想一敲門，我就得趕快，敞開心扉，讓它進來。」

他繼續在寫。我望著這個男人。我聽到了他打字，看到了他寫作。那打字機的聲音就像在我們飯店裡將許多勺子扔進鍍鉻的洗滌機裡一樣悅耳。太陽直射到他身上，他頭上的帽子拉得壓住了眉毛，免得陽光刺眼。我穿著新衣裙站在小院裡，倚著雨傘，將穿著紅高跟鞋的右腳向前挪了一步。第一次看到有人用打字機擒住他的源源不斷流洩著的思想，這可眞是一件令人感到愜意的事。我看到那把放著迷你打字機的高椅子的腿被鋸得恰到好處，正好與小板棚頂的坡度相協調。小板棚上方還有個又長又大的大板棚頂，它一直延伸到那間裡面吊著一棵大文竹的房間。

如今博士已寫作完畢，他取出打好字的紙，跟其他打好字的紙放在一起。他將帽子推到腦後，看了看我。我也抬起眼睛，看到他正在盯著我，看到他瞧了我的髮型，看見他瞧見了我的漂亮衣服。我又抬起腳，讓他看看我那雙珊瑚紅的高跟鞋。

我看到，他欣喜地朝我看；我還看到，我在他眼裡正是我想要他看到的那個樣子。我就是要讓大家——特別是他，我專門爲之而來的他——看到我想要他們看到的這個樣子，跟我第一次來這兒完全不一樣的模樣，看到我跟加了奶油的巴黎蛋糕一樣。他看到了我，而且肯定地點了點頭。我的臉刷地一下紅了。我舉起雙手，轉了個圈，像模特兒亮相一樣，結果弄得頭都有點兒暈了。

博士站直身子，將打好字的那些紙遞給我，請我幫他放到一張小桌子上。這張小桌子就像我們在莫拉維亞放在城郊田邊的那種小桌子一樣。那是用來擺放耶穌受難像和插有芍藥及野花的小花瓶，讓路人祈禱豐收。接著，博士將打字機遞給我。這機器特別小，那半邊蓋子一扣，鍵盤全扣在裡面，就像合上一本彌撒書。他注意到我在瀏覽他已經列印出來的字頁。這是一種既沒有「勾」也沒有「撇」⑯的二十世紀初出產的打字機，所以連博士打出來的這稿子也儘是錯。我說：「怎麼可能呢？短短幾分鐘就把腦袋瓜裡想的打成了那麼一篇文字！」博士從沿著階梯傾斜的矮牆上跳下，站在我身旁向我解釋他是怎樣在這小院裡寫作的。他拿起那張小桌子，將它靠牆擺在通向莉莎樓上的門口，然後充滿驕傲地對我說：「只要外面有太陽，我就沒法待在屋裡寫作，非得到外面去不可。

⑯有些捷克文字母上面帶「勾」（ˇ）和長撇（ˊ）。赫拉巴爾用的這部打字機是德國牌子，所以不帶勾、撇。

上午在這兒寫，到了下午，太陽挪了地方，您明白嗎，那我和小桌子也跟著挪動，一點鐘的時候我就跟著太陽坐到這個地方了。」

他說著又將小桌子挪了幾米遠。

「我一直打字到太陽照到洗衣房的後面，曬到那塊地方，才把小桌子搬到那裡。我一直打到影子拉得很長，後來長得看不見影子腦袋，後來壓根就沒有太陽了我才收場。您猜得出來我曾經鋸過幾次這兩把椅子的腿嗎？您猜不出來！好多次哩！那把大椅子我第一次沒鋸好，斜度大得使那打字機可以一直溜到小院裡；第二次又沒鋸好，打字機可以朝相反的方向滑到我的前門襟。這把小椅子我也鋸過兩次，才讓那把放打字機的椅子和我坐的那把小椅子不高不低正合適。」

後來如我所願發生了一件事：樓房外廊的窗戶開了。莉莎從裡面探出頭來扣窗門。她一看到我，先是大吃一驚，然後露出了笑容。我看得出來，她笑得很不自然，因爲她被我這一身得體的衣著打扮鎮住了。

「哎喲眞漂亮！碧朴莎，給我瞧瞧，太漂亮了！」

她迫不及待地從窗口消失，然後我便聽到了她的拖鞋聲，在階梯上啪噠啪噠直響。接著她在使勁開那扇通道門。可是因爲門邊掉滿了從牆上剝落下來的灰泥，堵得好半天也開不了，莉莎只得用膝蓋頂著，推了三次才推開。她跑到小院裡，拉起我的手，讓我原地轉了一圈，像撥弄一個人體模型那樣。她扯著嗓子喊叫著誇獎著，但是我從她的聲音裡可以聽出她在嫉妒我，不是嫉妒我的衣服、雨傘，而是因爲我變了，不再求她，不再祈求誰的恩賜，而是自己幫助自己。

博士說了一聲：「再到我這兒來坐坐，碧朴莎小姐，好嗎？」

莉莎忙說：「到我這兒來喝杯咖啡吧，我們有好多話要說哩！」

「莉莎，我先到博士這兒看看。」於是我捧著打字機邁開了步子。莉莎轉過身去。我聽到她在我身後怒氣沖沖地摔了好幾下門，後來我又聽到她氣鼓鼓地關上窗戶。

博士的房間緊鄰著研究所的牆壁。從這座研究所經常傳出隆隆聲，鋸子鋸東西的尖銳刺耳之聲和那震得博士的房間直晃的巨響。如同一個牙科巨人用他的器械拔出了一顆大如博士房間的臼齒。博士劃了根火柴，不一會兒爐子便燃起了熊熊火焰。博士往爐子裡添了些劈柴，還添了些從舊房子拆下來的厚木板。我站在那裡欣賞著那株跟常春藤長在一塊的美麗的大文竹。文竹往上長，而常春藤卻往下一直伸到擋住了窗戶的鏡子那兒。板棚的斜屋頂劃出一片角形的藍天，跟我們國旗上的藍色、大小差不多。沿著板棚邊的一根鐵絲先是朝上然後平行地爬著一根爬山虎，朝下垂著小枝葉和藤鬚。博士見我這樣站著，吃驚地說：「我的老天爺，您快坐下啊！」他遞給我一把椅子，我坐下，還一直拄著那雨傘。一條腿往膝上一搭，搖晃著珊瑚色的義大利皮鞋，這是我今天特地爲自己將開始生活得像人見人愛的巴黎奶油蛋糕般而買的。我看到博士在欣賞我的膝蓋，他臉紅了，用手掌抹了一下整個面孔。

然後他站起來，用手指頭指著牆壁靜聽了片刻。牆後的響聲越來越大。有架什麼巨型機器提高了轉速。機器的響聲一停，隔壁樓和博士的房子被一聲巨響震得發抖。彷彿礦井下的爆炸聲，隔壁樓的這一聲巨響震得空氣中灰塵滾滾，爐子也被震動了，沿著牆壁通到煙囪口的煙筒也晃動了，外面牆上又掉下了一大塊灰泥、幾塊磚頭，院子塵土飛揚。斜屋頂上堆了灰泥塊和小碎磚，還不時地往另一個小院裡掉。

「這可眞壯觀！」我說。

「您看見啦！我有幸住在這樣一座可愛的樓房裡。」

有個女人搖搖晃晃地穿過院子，背上背著一捆用大油布提著的木板木條。她跨過那一大堆灰泥塊兒，便轉過身來，俯身解開油布綾，那一大捆木柴便掉在她身後的地上。然後那年輕的茨岡女人直起腰來，她滿身大汗，在窗前理了理頭髮，取下髮夾，用嘴咬著，就這樣進了房間。

「先生這裡有位太太啊！您好！」她鞠了一個躬說，「先生，給您送來一捆木柴，這是爲報答您曾留我們在這裡過夜的。可是……」

博士摸了一下口袋，然後打開櫃子，又在大衣口袋、褲子口袋裡找了一番，隨即搓了搓手，紅著臉說：「借給我二十克朗吧！」我打開小手提包，給了他兩張十克朗的鈔票。博士將它給了那茨岡女人。那茨岡女人向他鞠了一躬，從嘴上取出咬著的髮夾，用潮溼的手按著頭髮夾上夾子。

「喏，拿著吧！要是你那口子再揍你，你就帶著小丫頭出來。你知道，可以睡在什麼地方，明白了嗎？」

「是，先生眞是個好人！」那茨岡女人說著，看了我一眼。她又重複了一遍。點了點頭，「眞的，先生是個好人。」說完便走出房間。她從木柴下面抽出那塊油布，手拿著它拖在身後，跳著遊牧民族特有的舞步穿過掉滿了灰泥塊的小院。

「不容易啊！」博士說，「她男人是個酒鬼，捷克人。有時他還打她，她便跑到我這裡來睡覺，她的小女兒便睡在櫃子抽屜裡。您看見了，就有這麼些事。不過我還是可以請您喝一杯咖啡，讓咱們換一個話題好嗎？」博士說著笑了笑，摸摸自己的臉，彷彿在憐憫自己。

5

啊！鄉下的宰豬節⑰多有意思啊！一切在院子裡進行。把爐子搬出來，所有香味直衝藍天。大鍋裡煮著豬頭肉，然後擺到洗衣房的大木板上。門也開著，窗子也敞著，眞可謂一整頭豬的香氣、臭氣熏天。可是在從前，宰豬節在布拉格也是一道風景。所有大小旅館飯店都在一個月之前就向客人宣布某月某日要辦宰豬宴。所有客人都興高采烈，盼著那天能得到一碟新鮮可口的豬頭肉，還有肝泥腸。連巴黎飯店的第一個宰豬宴也是這樣。一大清早我們便在廚房裡忙得滿頭大汗。兩口大鍋煮著豬頭肉，豬肉味冒到天

---

⑰捷克的「宰豬節」起源於農家宰豬慶豐收。到後來便普及到不管何時、何地、任何人都把自家宰豬請客吃飯叫宰豬節或宰豬宴了。

花板上，抽風機抽不完這些蒸汽，廚房自然漸漸變成了一座潮溼的地獄。這蒸汽一直朝我冒來。我坐在工作台後，正在登記第一碟菜，上面有一小塊豬頭肉、一小塊豬耳朵、一小塊豬肝，一小勺辣椒、一小勺芥末醬。我覺得我的汗沿著額頭兩邊太陽穴往下淌，連頭髮裡、背上流的也不是汗，而是宰豬宴的蒸汽凝成的汁兒。連端盤子的服務員們也在出汗，很快地連他們的晚禮服也閃著油光。而這時飯店裡的客人們正在歡天喜地一道菜一道菜地逐道享用這次宰豬宴。有些常住巴黎飯店的老顧客，甚至滿意得給廚房裡送來幾杯皮爾森啤酒以表謝意。兩名廚師將豬頭肉切成小塊，撒上調味料，豬肉味和調味料混在一起沾滿了他們的指頭。幫廚女工們則在用豬肥腸做豬血碎肉腸，往煮著的大麥粒湯裡澆上豬血，於是全廚房的人都像一個接一個地在湯裡泡過似的湯味十足。接著廚師們又在累得死去活來地灌豬腸，他們邊灌邊罵髒話，因為往腸子裡灌餡是個很累的工作，他們從來沒有這麼累過。我們那兩位年輕廚師簡直累得不行了。外面天氣很暖和，我們待在廚房裡的人不僅內衣溼糊糊地貼在身上，連罩衣也貼在內衣上。肝香腸在大鍋裡咕嚕咕嚕煮著，我們彼此間沒有好氣地望著，咒罵著想出在旅館辦宰豬宴這個鬼點子的公司。

突然，一大把鮮花、一束玫瑰闖進廚房。當時我嚇了一跳，因為這一大把花是衝著我來的。突然那些玫瑰花幾乎碰到了地板，站在那裡的不是別人，正是頭戴禮帽、圍著粗布圍裙、撕破了襯衫的博士。滿廚房的人像發現一個從排氣塔上掉下來的妖怪一樣地盯著他看。我愣得說不出話來，我的兩隻手也好像癱瘓了，倒不是因爲我在這裡見到這個從利本尼堤壩巷來的男人，而是因爲我的臉上正淌著滿是油汁和肉膩味兒的汗水。博士將那一大把花塞到我手裡，於是我整個人被玫瑰花埋住了。「幫個忙！」博士請求我說，「收下這束花！我突然想到要讓您高興一番。」

愣在爐灶旁的廚師們重又開始幹活兒。這兒突然冒出這麼個男人，像童話《睡美人》中的魔術棒一樣確實讓他們傻眼。如今他們在翻動大鍋裡的肝腸子和平底鍋的血腸。他們嚇了一跳，還以爲這些肝腸燒焦了哩！博士看到他們驚慌的樣子，連忙問：「可以讓我看一下嗎？」

大家看著他，但沒法將這個大漢攆出去。於是這個戴著禮帽、圍著粗布圍裙的人讓他們大開眼界。他走到大鍋旁，抬起手說：「瞧，這些肝腸子已經浮上來了，表示已經煮熟。假如你用手指去搓撚腸子上的那根木籤子，如果它像我們上錶鏈一樣能夠轉得動，那就說明腸子熟了。」他還用手指頭撚了一下有根腸子上的木籤，能轉動，他樂了。「快好了！要是肝腸子煮過了頭，它的皮就會爆裂開，那就不好了。」

隨後博士穿著他那雙破皮鞋走到我跟前，垂下眼睛對我說：「明天是星期六，請您再到我們利本尼來，我們一塊去游泳、曬太陽好嗎？」

他站在那兒，臉也紅了。年輕的廚師們正將肝腸裝進一只大木桶裡，冒出一股難以忍受的油膩味。油脂從天花板往下滴，四面牆上的蒸汽凝成的油汁都在往下滴。博士這時卻喃喃地對我說：「昨天我有點喝過頭了。我經常感到頭昏腦脹，都是因爲膽怯緊張引起的。現在我又是這種狀況。我拿著這束花在巴黎飯店這兒轉了五趟，我進來五次，又出去了五次。終於我下決心，一直跑到了這裡。」

他就這樣站在我面前。餐廳服務員們端著配了辣椒的肝腸的盤子在我面前排隊，我立即將一盤盤菜登記下來。有個廚師跑過來拉著博士那只撕破了的袖子說：「豬血碎肉腸在什麼情況下算熟了？小肚又是什麼時候算熟了呢？」

博士從案板上抓起一根木籤，用菜刀將它削得更尖了些，跟著廚師走到平底鍋那兒，鍋裡正分別煮著豬血碎肉腸和小肚。博士彎下身來，用籤刺進豬血碎肉腸裡，對廚師說：「如果噴出來的是血，那就是沒有熟；可如果噴出來的是巧克力色的汁，那就熟了。」

他將木籤交給廚師，向所有的人鞠躬致意，紅著臉抱歉說：「對不起！」

他跑出了廚房。我仍舊抱著那一大束玫瑰坐在原處，仍舊不好意思，因爲我們這第一次豬肉宴的油汁在我的兩個乳房之間流著，滲透到了胸罩上，我感到我的汗水和著油汁在我的兩條大腿之間流著，我還感覺到我的內褲沾在我的白袍上。我還擔心，要是我一站起來，那摻油的汗水就會滲到白袍外面，我一抬屁股，椅子上就會有一灘汗水。這些我都感覺到了，而我還得一直抱著那一大把玫瑰花。服務員博列克拿來一個大玻璃杯，將玫瑰花插在裡面，放到我的工作台上，對我說：「那位先生愛上您了，這一眼就能看出來。」

我的臉紅得更厲害了。我覺得我要是抓起我的內褲，拉一下，然後再一鬆手放回去，它會啪地一聲響黏到我身上。我的臉紅得更厲害了。這時，廚房門突然敞開，我們飯店的兩位興高采烈的常客站在那裡大聲嚷道：「我們在布拉格還從來沒吃到過這麼棒的肝泥腸，我們爲這樣好的手藝乾上一大杯皮爾森啤酒！」

廚房門重又關上。廚師們從鍋裡取出豬血碎肉腸。酒部師傅拿來好些個玻璃杯。大廚巴烏曼離開他那張桌子，將他油膩的手擱在我的手背上，微笑著說：「好啦，艾麗什卡，我的好姑娘，我已經看到，你已經不需要去爲長期戶口奔忙了，你甚至能在我們這裡長期就業，這我預先看到了。那塊鹿背肉，我們一起拿來的那塊鹿肉，到時候我拿它來做一道烤肉冷盤給你慶賀婚禮。我親自去給你拿來，放到冰櫃裡凍著。」

他望著我，我點了點頭，跟個中國小木偶似的，激動得流淚了。餐廳服務員們端著盛滿辣椒配剛出鍋的豬血碎肉腸的盤子，排著隊在等著我登記劃帳。他們好不耐煩，因爲一心只想端著盤子趕快到餐廳去透透新鮮空氣。大廚用餐巾擦了一下臉，又跑回他自己的工作台那邊去了，因爲已經到了他來切他那些特色菜的時候。他可不愛管這豬肉宴，他很討厭將這種家常菜豬肉宴弄到這個名牌大飯店來辦。這天夜裡我回家較晚，因爲飯店管委會認爲，我們在辦完他們想出來的這個豬肉宴之後，有權利痛痛快快洗個澡，廚房員工誰家裡沒有洗澡間的可以輪流到一間空著的客房裡去洗個澡。當我跨進洗澡間，打上肥皂用熱水搓洗時，那髒污簡直嚇死人，等我跨出澡盆，只見澡盆底上浮著一層油。我靈機一動，等澡盆裡的髒水漏完之後，我又洗了兩遍。我看著這澡盆，想起我們這些人，不僅僅是我，全廚房的人都被那豬肉味熏得吃不下東西，只得一個勁地喝啤酒，免得嘔吐。……於是我便帶著那一大束玫瑰花回家了。因爲剛洗完澡，我的頭髮還是溼的。艾瑪，我那位大媽，本來可以不用等我一起吃晚飯，可是她偏偏要等，寧可再熱一次湯。那牛里脊肉湯是她從工作的雙貓旅館帶回來的。她等我只是爲了能坐下來，用責備的眼神來看著我怎樣將玫瑰插進花瓶裡。我也在等著，看艾瑪什麼時候開始數落我，嘮叨說我該如何如何更知恩報德。我又重新整理了一下玫瑰花，高高興興地觀賞一番，心裡充滿了幸福。艾瑪氣得將碟子擺到桌上，也不問我餓不餓、準不準備吃飯。她在碟子裡放了幾塊饅頭片，澆上點牛里脊肉汁，加上一片肉，坐下來便開始吃了起來。

「你在哪兒耽擱這麼久？我都熱過兩次飯菜了。」

「大媽，今天我不吃晚飯，吃不下。」

「什麼？唉，艾麗什卡你怎麼啦？難道還要我熱一次飯？人民委員會的人來過這裡。

我什麼時候去給你報戶口啊？你在這裡是黑戶口，你從你最後的住處搬來時，既沒有那裡的註銷戶口的證明，也沒有轉戶口的介紹信。那邊給你來信說你大概得回到你原來居住過和工作過的地方去，因爲我也無法給你報上長期戶口，因爲我自己也是黑戶口，住在二房東租的房子裡。你浪費那麼多錢去買鞋子和衣服，如今你又晚回來，還帶著一束玫瑰……」我說：「大媽，您自己也知道，我曾經不願再打扮自己。可是，大媽，我現在已經漸漸恢復過來了，我還想再在這個世界上活下去，就算我那幾年是生了一場病吧。」

「那好，艾麗什卡，你知道我有什麼計畫？明天我們一塊兒坐遊艇去，你看怎麼樣？」

「可是大媽，這不行。我已經答應了一個人明天跟他去游泳。」

「這恐怕不行吧，你不是剛要準備結婚的人嗎？這麼快就跟他告吹了？」大媽大聲喊叫著。她氣鼓鼓地站起來將她的碟子送到洗碗池裡，將我那裝著涼了的饅頭片的碟子放到玫瑰花下。牛里脊肉湯冒到玫瑰花上的熱氣使我十分惱怒，起身的時候狠狠地碰了一下椅子，然後推開那碟子說：「剛要準備結什麼婚？我那個騙人的未婚夫跟著別的女人跑掉了。你自己清楚，他把我傷害得我都不想活了，不想留在這個世界上了！」

大媽將下巴頂在交叉擺在桌子上的指頭上說：「他雖然從你身邊跑掉了，可是你會看到，他一個月之內就會回來，我瞭解他的脾氣。你會看到的，他會回到我們這兒來……」

我坐到床上，然後蓋上被子躺下了。我的兩條腿很疼。我望著天花板，重複著大媽說的話：「他會回到我們這兒來的。什麼叫我們啊？」

「啱，他不是你的未婚夫、我的兒子嗎？」

「可是大媽，我已經不願意他回到我們這兒來了。」

「爲什麼？」

「回到我們身邊？他只管回來，我沒意見。可是讓他回到您身邊吧！可永遠也別回到我身邊來！」

大媽打開抽屜，拿出一封信來，俯身對著我，弄得信紙沙沙直響，高興地說：「這是他寫來的信。信上說，他想念你，問你是不是能原諒他。白紙上寫著黑字哩！」

「大媽，我對這個已經沒有興趣了。」

「難道你不想讀一遍這封信？」

「大媽，我已經被您的寶貝兒子，我視如珍寶的未婚夫傷透了心。一切都已經晚了。」

我從被窩裡鑽出來，兩條腿疼得我呻吟了一聲，可我還是說了：「大媽，我知道，我曾經愛過您的這位伊爾卡，我知道他的吉他彈得非常好，吉他是他心愛的樂器。伊爾卡還有一把電子班卓琴，一件閃銀光的藍色晚禮服，一頭漂亮的鬈髮，可這對我來說又有什麼用呢？我曾經成了他的女傭人，洗衣婦，他就得是老爺，就得衣冠楚楚，而我成天在家裡替他洗衣，老等著他。他有時在那些女人那裡要鬼混一兩天才回來，可就是因爲我愛他，我總是寬恕他。有時我到他演出的公司去找他，那裡總是坐著他的兩個濃妝豔抹的小妖精。他看她們的那種眼神，彷彿她們是他的繆斯女神，而他就像是爲她們而演奏的。她們替他拿來白蘭地，而我卻老是坐在那兒喝汽水。等他們的樂隊演奏完畢，這兩個女伴也該離開他了吧？結果卻不是這樣！台下一鼓掌，他便一個勁地謝幕。我還老得坐在一個角落裡喝汽水。後來我只好回家，他跟這些妖精們又到另一家企業演出去了，因爲那兒給他們付錢。可是他回來的時候常常身無分文。第二天還得由我給他錢花。」

「你怎麼可以這麼說話？」大媽把她的耳朵捂了起來。

「我該怎麼說話？！我在維也納的那位姑姑，我爸爸的妹妹寫信給我，要我別忘了自己出身於什麼家庭，別讓人覺得我像一團糟糠，讓我打扮得跟一個巴黎蛋糕一樣可愛。我姑姑的這封信使我振作起來，自立起來。而這是您的兒子給您寫的信……」

大媽嚷嚷起來：「他給我們寫些什麼，你讀讀吧！親愛的媽媽和艾麗什卡！……」

她抖動著信紙，用手指著字母給我看。

可我轉過臉去說：「爸爸啊！你要是不死，準會要用棍子揍我；你要是看見我現在這副任人擺弄的樣子，你絕不會饒恕我的。我爲什麼會這樣！只是因爲愛，只因爲我愛上了伊爾卡……我即使失去了一切，我仍然是那個住過有十三間臥室的房子和擁有外匯購貨券的姑娘。我爸爸曾經有過保鏢和司機，媽媽有過兩名傭人，我爸爸在木材三夾板界是中歐之王。他不僅是布爾諾，而且也是維也納、布達佩斯和利沃夫的董事會成員，我們還擁有過一間工廠……」

「有過有過，可是艾麗什卡，德國人打了敗仗，所以你們失去了一切。連你們也打輸了這一仗呀！」我那位大媽幾乎在喊叫著。

「我什麼敗仗也沒打！我當時能怎麼辦？戰爭結束時我才十六歲，我什麼敗仗也沒打過，可是彷彿我打過什麼仗似的。退一萬步說，即使我打過仗，失去了一切，可是我的尊嚴應該留下。我曾經幾乎把它忘了，如今我又找到了它。」

我站起身來，整理了一下玫瑰……

6

我走進了堤壩街的那所房子。通道上的溼牆壁散發出一股霉味。我打了一個冷顫。可是等我穿過這條陰涼的通道，院子裡卻滿是陽光。那位愛乾淨的太太坐在她家窗下的陽光裡，院子地面上的石板乾淨得閃閃發亮，石板縫間的一道道積水也閃爍著光芒。那位愛乾淨的太太穿著錦葵花短褲和戴著一副胸罩坐在椅子上，膝上放著一本《星期六見！》，她那肉乎乎的背正對著太陽。

「博士在家。」她說罷用手指在鼻樑上推了一下眼鏡架。

「謝謝！」我連忙回答了一聲，沒作任何掩飾。我還瞧了一眼她的房間：陽光照耀著她擺放在屋裡的假花，安在窗子下方的床鋪弄得整整齊齊，上面擺著毛絨絨的小熊、洋娃娃和繡花巾。我來到小院的陽光下面，只見我曾經給過二十克朗的那個茨岡女人坐在那兒的一把椅子上抽煙。博士彎著腰，在她旁邊的洗碗槽用一團細鐵絲在清潔鍋底。這是最後一個平底鍋。其他碟子、小鍋都底朝天扣著放在抽打地毯的架子上曬太陽，還滴滴答答流點兒水出來。博士繼續使勁擦他的鍋底。

「您好！我來啦！」我說。

「您好！太太！」茨岡女人吐了一口煙說。將一條腿搭在髒兮兮的彩色裙子上。

「您好！」博士說。他沒有抬眼看我，繼續使勁用細鐵絲擦他的鍋子。

我穿著那身從時裝店買來的水洗布新衣裙站在院子裡。這身衣裙用的是本色粗布料子，上面不是釘的鈕扣而是幾塊綠色的小方塊。我一隻手拄著玫瑰紅陽傘，另一隻手提著裝有泳衣、一小包夾肉麵包的提袋。博士繼續擦他的平底鍋，還邊擦邊發牢騷說：「眞費力！我的頭都脹了，大得跟長了四年的老白菜幫子似的。」

然後他直起腰來，他瞧我的時候，我看得出來他很累。我還看出他昨天可沒少喝，有兩個黑眼圈。他的手在發抖，他手裡的鍋也抖得發響。隨後他放下手中的鍋，走進廚房，走進他的小房間，替我搬來一張椅子，讓我坐到太陽底下。茨岡女人用她那女低音繼續講述著在我到來之前她告訴博士的事情：「對，先生，茨岡人的婚禮就是這樣。到結束的時候，新郎新娘跪在屋子中間，參加婚禮的人手裡拿著開了蓋的葡萄酒瓶，唱著婚禮歌，演奏著茨岡音樂，將葡萄酒慢慢地倒在跪著的新郎新娘身上。地上淌著紅葡萄酒，新人的衣服上也流著紅葡萄酒。是這樣，先生，茨岡人結婚的時候就是這樣。」

我看著這個茨岡女人，她爲她所講述的這些風俗而感到驕傲，講得有板有眼。我看到，博士之所以沒完沒了地擦那口平底鍋的鍋底，是爲了贏得時間讓那股酒後的迷糊勁完全過去。十點半了，這正是酒後頭疼最厲害的時候。他的頭眞的很疼，就像他自己說的，脹得像長了四年的老白菜幫子一樣大。

茨岡女人還在用她沉重的嗓音繼續講述著：「我還看見過，我發誓，我眞的看見過我們的頭人在索科洛瓦的葬禮。茨岡人從老遠的地方，從維也納、布達佩斯，從斯洛伐克和莫拉維亞趕來奔喪。他們把所有的桌子拼在一起，在一座破舊莊園裡的一間大廳裡，把所有的桌子拼在一起，將我們頭人的屍體放在首席。我們一塊兒唱茨岡哀歌，喝燒酒。每個人喝酒時都往死者嘴裡倒一大杯酒，然後又接著唱歌，一直喝到天黑。死了的頭人於是從每個人那裡得到一大杯酒。整個夜晚、第二天都有奔喪的客人輪流爲死去的頭人守靈。第二天、第三天也都是這樣，每人一杯，給死了的頭人灌酒，直到頭人灌滿了酒……眞是這樣，然後才把他埋進墳裡。」

茨岡女人就這麼講述著，表情嚴肅，眼睛盯著一個固定的地方，她所講述的一切，彷彿是依照某種東西念出來。突然，她顯得那麼美麗，纖長的睫毛一動不動地往回凝視著索科洛瓦的破舊莊園，那個茨岡人隆重地與他們死去的頭人告別的地方。

博士仍在仔細再仔細地擦著他的平底鍋，我在片刻前還想轉身走掉，如今坐在太陽底下，一條腿搭在膝蓋上，拄著陽傘，將裝有維也納炸豬排和麵包以及白色泳衣的藍色提袋從太陽曬著的地方移到陰影下。在這一瞬間博士看了我一眼，感激地對我一笑，體諒到我能想到不讓太陽曬著我的野餐食品。他一下從這酒後暈眩中擺脫出來，重又將平底鍋浸到已經有點溫吞的水裡，然後又刷了一遍。他一看鍋底黏著一小塊棕紅色的碎肉，他那捲起的袖子掉了下來，幾乎浸到髒水裡。我放下陽傘，走到博士跟前。他伸著手，我將他的袖子捲上，我觸著了他的胳臂。我在給他捲袖子的時候第一次地碰著了他胳臂上的肌肉，我用心地幫他捲著袖子，兩手弄得油油的。

茨岡女人繼續望著遠處某個地方，抽著煙，講述她所見到的事情：

「先生，等到萬靈節那天，我帶您到我們頭人們的墳地去，在奧爾沙尼墳場，來自各地區的茨岡人又聚會到那裡，坐的坐，蹲的蹲，一待就是兩天，唱著我們那些哀歌。每個來上墳的茨岡人總要帶些供品來……於是萬靈節的第一個晚上每個墳頭都擺滿了鮮花，那些花瓶裡總共有上千朵石竹花，有好幾十個裝著供品的籃子，扔在那裡的一百克朗一張的錢幣，還有五百克朗的，眞的，還有五百克朗一張的。頭人的墳頭漂亮得跟「源泉」大商場的糕點部櫥窗一樣，那裡還有匈牙利香腸和維也納巧克力哩……我爲了省錢，只給我們的頭人買了一個小小的禮品籃。如今我待在這院子裡，因爲我的捷克老公把我存下來的那點錢都喝酒喝光了。我只好來請這位先生把昨天的那口平底鍋給我，再給我一點兒葷油。」茨岡女人突然沒再繼續說，因爲我站在洗碗槽旁，眼睛沒看到這茨岡人，而是瞭望著奧爾沙尼墳場的那個方向，那裡有兩座茨岡頭人的墳墓擺滿了禮品籃，成千朵石竹花和許多鈔票的墳墓。

博士也這樣站在那裡發愣，他手裡仍舊拿著那口鍋，跟我一樣，被那個年輕的茨岡女人的講述吸引住了。她看到這情形後，思緒猛然回到這個小院，想起她來這裡的本意。如今她站起身來，艱難地從椅子上站起身來。她穿著一雙破了的白球鞋，兩條髒腿曬得黑黑的。當她發現我在看她的腿，她聳了聳肩膀，笑了笑。我看到她被打掉了好幾顆牙。她說：「他還打我哩，瞧！」她邊說邊用指頭將假牙床取了出來給我看，留在她嘴裡的那些眞牙已經變黑了。下面那個地方，只聽得水龍頭往桶裡灌水的聲音，挪動椅子的喀喀聲。等到那灌水聲漸漸升高到水桶邊上了，又聽得將水龍頭的水往另一隻空桶裡灌的聲音，然後是又長又重的潑水聲，稻稈掃帚掃地的聲音。那位愛乾淨的太太又在往她窗下的走廊和石板地面上潑水，又在嘮叨了：「我可是個愛乾淨的人，我忍受不了這髒！」

「勞駕，」博士說，「碧朴莎小姐，那兒的窗台上有個大平底鍋，鍋旁有半盤油脂，您去把它拿來吧！因爲我本來也想扔掉這只鍋了，燉牛肉時烤壞了。該死！我的頭疼得厲害，像四年的老白菜幫子一樣脹！」

我從被上午的太陽曬得很熱的地方走到陰涼的地方，走進門裡。爐子裡沒生火，我冷得打了個寒顫。我拿起平底鍋和油脂儘快跑回到院子裡。等我一跨過那有陰影的地方，走到太陽底下才溫暖了起來。「您那裡面可夠涼快的！」我說。

「可不是嗎？」博士說，「我屋裡在七月和八月最需要生暖氣。我說的什麼呀！其實幾乎全年都得生火。」

茨岡女人伸出手來，我將鍋耳遞到她手上，我們的手指彼此相觸，我們的眼睛彼此望著對方笑了笑。我看得出來，這茨岡女人喜歡博士，我看出來了，他們在一塊睡過覺，常在一塊兒睡覺。可是這茨岡女人對博士的喜歡不同一般，在她需要的時候，她知道該怎麼辦，首先是得有個可睡覺的地方，如今我又看到，她該到哪兒去找吃的，到哪兒去找能給她錢的人，當她沒有煙抽和沒有錢來養她那常常睡在博士的櫃子抽屜裡的小女兒的時候……

那茨岡女人走得離我們這院子越來越遠了。我從拴在舊水泵和洗衣房樑上的繩子上扯下一塊抹布。下面院子裡又響起了那位愛乾淨的太太的喊叫聲，她衝著茨岡女人嚷嚷：「把你的髒爪子拿開！你這黑皮多嘴婆閃開點！」

隨後又只聽得水桶潑水的聲音，水濺到球鞋上的聲音以及茨岡女人從鞋裡倒出水來的聲音。那茨岡女人狠狠地罵了幾句茨岡話，她的罵聲震得潮溼的走廊嗡嗡地響。我仍蹲著在擦拭碟子，並將它們一個個疊在一起。博士走進他的小房間裡，拉出一塊潮溼的地毯來放到太陽底下，搭到專掛地毯的桁架上，然後拿起那只我第一次來到這裡就曾見他用來刷地的板刷，沾上水來刷地毯。他還把我叫來說：「這可能嗎？您說說看，這可能嗎，博烏迪給我幹了這麼件畜生才幹得出來的事。您說說看，要是您跟我一樣招待他，整個下午我們都喝著啤酒，後來又到瓦什尼達那兒去喝一通，還帶了兩小桶回家來開家宴，小姐，要是您半夜醒來，聽到哪兒淌水，您會怎麼說？我琢磨著，這是怎麼一回事呢？我還糊裡糊塗地以爲是自來水管子在流水呢！可是等我把燈一打開，嚇了一大跳，只見博烏迪坐在我的床沿上，對著這塊地毯撒尿。請問您，對這位翻譯了莫根施泰恩⑱作品的詩人，要是您看到這情況，您大概會說什麼？」我站起身來，舉起擦乾了的碟子和刀叉說：「我恐怕會對他說：『我要宰了你！』」

「您瞧！」博士說著，揮動了一下拿著鍋子的手說，「您可能這麼說，因爲您有個溫和的好脾氣。可是我像個囚犯，我的脾氣像釋放出來的犯人，我沒說要宰了他。宰掉詩人是犯罪，可是我說：『聽著，博烏迪吉切克⑲，以牙還牙，以眼還眼！』我於是解開褲

---

⑱莫根施泰恩（Christian Morganstern, 1871-1914），德國詩人、幽默作家，他的作品包括神秘詩、個人抒情詩、胡鬧詩等多種類型。

⑲博烏迪的暱稱。

子，往他的鞋子裡撒了泡尿。因爲博烏迪總爲他那雙鞋而感到得意、驕傲。不過話又說回來，小姐，昨天晚上我們過得可眞痛快！在魯德米納街有人在辦家宴，我們便說我們也回去來個家庭聚會。矮個子舞台布景工巴夏來了。跟他在一塊兒我們總有說不完的話，一塊兒喝酒是連接我們的紐帶。有一回我們不僅把工資喝光了，連積蓄也喝光了。我們害怕出門，因爲我們到處欠著帳，我至今還欠著房東幾乎半年的租錢。我和巴夏於是一咬牙，給自己訂了個君子協定：在下一個春季的頭一天，我們一道到斯卡爾去戒酒治病，後來又放棄了這計畫。那天來這兒的還有夏里，舞台布景師，特普利采人；還有涅麥茨，蘇台德區的一位布爾什維克，他對劇院的關心勝過對他的家庭，因此，他那位在美國阿爾漢布拉當舞蹈演員的妻子離他而去，連孩子也帶走了。我們還把瓦尼什達酒家的一位常客、新郎倌帶來了一會兒，因爲博烏迪說什麼也不相信這新郎倌的傷疤臉孔就像一隻沒有織好的襪子……他來看看我們，博烏迪樂得直大聲叫嚷，舉起雙手，用拳頭捶打牆壁，然後跑到院子裡，正趕上樓上的斯拉維切克太太摸黑端著牛奶下來，他一頭撞在她懷裡，牛奶淋得她一身溼。博烏迪還對她嚷嚷說：『你這老傢伙不能留點兒神嗎？你沒看見偉大的捷克詩人在這院子裡跳舞啊？』那個新郎倌在他還是個小男孩的時候，總愛往樹皮上刻個船什麼的，正當他興高采烈地看著他的船已經刻得不錯時，飛來一群黃蜂，這個瓦尼切克——新郎倌叫這個名字，拚命地揮動著他那把小刀，想讓黃蜂少螫他一點兒，可是他笨手笨腳，反把小刀劃到臉上去了，橫的豎的劃了十來下，臉上留下些小傷疤，就像擠了汁兒的檸檬那樣……不過，這位瓦尼切克卻是利本尼的一位風流小夥子，襯衫人們叫他伊爾卡，一說伊爾卡，馬上就能聯想起他的樣子：一個趕時髦的小伙子，襯衫總是乾乾淨淨，漂亮的領帶，上裝，各式各樣的毛衣，喏，這就是伊爾卡！還總穿新鞋，鞋跟高，連鞋帶也很講究，總而言之，一個總是入不敷出的年輕人。女孩們總愛追求這個伊爾卡，就像母雞……」博士突然打住，繼續用他那黃刷子洗刷地毯。他突然停下來，一摸後腦勺，高興地說：「我的頭疼沒了！已經只像兩年陳的洋白菜了。」

博士這間住房的樓上外廊上有人在怒氣沖天地開始關窗戶，有人在自言自語罵罵咧咧，隨後開了門，從裡面走出一位太太，後面跟著兩個孩子，全都穿得漂漂亮亮的。那位太太沒好氣地鎖上門，三雙皮鞋喀嗒喀嗒走到樓梯口，關住旋轉樓梯口的鐵門被一把推開，那位太太又抓住鐵欄杆門狠狠一碰把它關上，震得全樓都晃動了一下。然後推著兩個小孩快走。那小女孩的頭髮還沒乾，用溼梳子梳得溜光，小男孩的頭髮也整整齊齊梳了一條縫，他有著一對驚恐的眼睛。他們都衝著博士微微一笑，而走在他們後面的母親卻怒容滿面。這兩個孩子想向博士問個好，可是那位太太卻狠狠抓住他們的肩膀，她的指甲逼得他們不敢鞠躬了。於是三雙皮鞋便喀嗒喀嗒下了樓梯，那位太太嚷道：「貝朗諾娃太太，現在可鬧得不成樣子啦！這已經不是什麼住家樓房，而像個下等酒館！您今天睡覺了嗎？」

「沒睡呀！」愛乾淨的貝朗諾娃太太說，「可又該怎麼樣呢？」

「敞著窗子，樓底下的醉鬼們像狒狒一樣狂呼亂叫，我們能睡得著嗎？他們一直那麼鬧，也不嫌累？眞是些瘋子！」

貝朗諾娃太太勸慰她說：「瘋子，倒也是；不過，說到累，我覺得累，您覺得累，只有喝醉了的人不覺得累，因爲他們玩得開心啊！」

我這麼聽著，爲博士而擔心得心臟怦怦跳。只見他臉色蒼白，摸摸自己的頭，自我安慰地說：「我要是個有獨特個性的人，那我恐怕得去臥軌，或者去跳伏爾塔瓦河。但我是個沒個性的人，有什麼辦法？我們就得這樣活下去……」

我這麼聽著，心怦怦跳，可這一回卻不是爲博士而心跳，而是在我眼前浮現了我那位寶貝。他也叫伊爾卡，還有個暱稱叫伊希切克。我這個伊爾卡，跟博士剛才談到的那個伊爾卡像從一個模子印出來的。博士根本沒想到這一點。博士描述的那個昨天來過這裡、住在魯德米納街的伊爾卡，就像我以前那個寶貝情人喜歡穿乾淨襯衫，喜歡打漂亮領帶，總穿雙新皮鞋，而且還是高跟的。這個伊爾卡也同樣總是入不敷出。我這個伊希切克，這個大媽的寶貝兒子，他竟然跟那個喝光了我滿塘淚水的女人跑掉了，他把我打發到布拉格來，讓我和他媽媽準備我們的婚禮，可他現今卻在維也納某個地方跟另一個女人尋歡作樂……

「您知道，」博士接著說，「年輕、歡樂是不講什麼理智的。可總有一天我會平靜下來，讓我在活著的時候就能承受我已死之後的感覺。您知道嗎？碧朴莎，我的生活，我的生活是什麼？我爲我活在這世上而感到如此高興，我一看到任何美好的東西，便會立刻與它結合。我不僅深愛著人們，也愛著萬物，愛著工作。啊！我是多麼高興做這一切的啊！我高興自己當過保險公司職員，我高興自己曾當過列車調度員，我曾多麼樂意到波爾迪納鋼鐵廠去上班啊！……啊！鋼鐵廠的每一根坯條上都印上了一個美麗的女人頭像，頭上有嵌著星星的鬈髮，這個猶太女人名叫波爾迪英卡，因爲鋼鐵廠廠長太愛她了，便把她的頭像印到模壓機裡，於是這個頭像便隨著一根根鋼坯運到全世界……您知道嗎？您也有著跟那波爾迪英卡一樣的側影。等您什麼時候到我工作的地方去看看，我爲我所做的工作，爲廢紙打包和把廢紙包裝上車而感到驕傲，我爲自己待在我樂意待的地方而感到多麼幸福……因爲生活根本就不是浸透淚水的山谷，而是婚慶般的歡樂，婚慶般的喜悅，所以我們也到這裡宴慶一番。我還喜歡茨岡人，有些人嫌棄我……可您只需等一等，等到今天晚上您就能見到盧德瓦，他昨天晚上也在這裡。啊！這個屠夫是個美男子、大力士，長得跟白蘭度一樣，他一頭金髮，一雙藍眼睛，肌肉多麼結實！當我們兩人一塊兒在克拉德諾的波爾迪納參加義務勞動時，我在廢鐵庫裡將廢鋼廢鐵塡入裝料起重機裡，盧德瓦則用氣焊器從車廂裡取出燒壞了的軸，將這些一百五十公斤重一塊的廢料從車廂直接扔進裝料起重機裡。如今我們還是好朋友。盧德瓦隨便走到哪裡，都有女人追隨他，甚至追著他下電車，他走到哪裡，便跟到哪裡。這個化裝成盧德瓦的白蘭度就是這樣一位美男子。……博烏迪昨晚在這裡坐著、看著、聽著，用他的大杯子喝啤酒。他摸了摸鬍子，嚷嚷說：『博士，我的老天爺，快把我們周圍的這一切寫下來吧！你老兄不是總會招引出許多現成的故事嗎？』我連自己肚裡有什麼貨都不知道，但是我最能招引孩子，原先這裡滿院都是孩子，這座樓的主人是費雅爾太太。那些孩子不僅衝著我，而且衝著烏利叫費雅爾先生。如今只是在街上，可從前總往這院子裡跑。那時只要我在家，他們就待在這院子裡，待在我這兒，老是擠得滿滿的。……直到發生了一件事情：地鐵電影院的一個放映員在放映室裡用剪刀慢吞吞、殘暴地剪碎了一個小男孩。這個消息傳遍了布拉格。而我坐在這裡，用貝爾克牌打字機在寫作，孩子們在我身邊玩耍，在這院子裡，我高高興興地繼續往下寫。小樓梯那兒出來兩個女人，她們在打小孩的頭，對著我嚷嚷，使勁打他們，踢著他們下樓梯，說是再也不許他們來這裡。她們揍得那麼狠，說不定孩子們會被揍成殘廢。而我繼續坐著寫我的，因爲我總想，我要是不立即寫下，那些句子便會跑掉，於是不管她們對著我嚷嚷也好，揮拳頭也好，眼珠子在我腦袋周圍轉來轉去也好……甚至跟電影院那個小男孩一樣下場也好，我都不予理會，一直繼續寫，直到寫完爲止。那兩個女人已經走了，孩子們也走了，可從那兩個女人那裡留下來的一切情景卻在我腦子裡重演，我因此而害怕。我這麼熱愛孩子的一個人，或許也可能像地鐵電影院那個殘暴的人一樣去將孩子剪碎……」

如今那愛乾淨的太太、貝朗諾娃太太出現在院子裡，伸直身子靠在椅子上，翻開了《你好！》的書頁，眼鏡架在鼻子尖上，仍舊穿著那粉紅色尼龍短褲，戴著粉紅色胸罩。她將椅子挪近了些說：「那下面已經開始有陰影了，我們的習性一樣，博士，必須待在太陽底下。可是這裡沒什麼人了，大家都出門去了！我說，我給您留了一小鍋雞肉和野雞肉，您嘗嘗，有兩份，要是那位小姐也有胃口的話……不過我已經看出來了！」說著用下巴指了指我那裝著一包豬排和麵包的提袋，「你們大概也要到河邊去，是嗎？」

7

我和博士走到堤壩巷裡，我拄著陽傘漫步在他的身旁。博士穿了灰色長褲和短袖藍色運動衫。人們紛紛向博士問好，他也懷著極大的熱忱向他們致意。我感覺出他為每一次問好而感到欣慰。有時他還向不認識的人問好。他們停下來，回頭看我們一眼，又繼續走他們的路。我們走進一條大街，車身上帶有一道道紅線的電車來回穿梭，停車、乘客上車、下車。我也許第一次注意到，人們都穿得整潔漂亮。進出於「世界自助餐廳」的老人們也穿著假日盛裝，漫步在宮堡前的廣場上，或坐在那兒的長凳上，四周鮮花盛開。博士緊挨著我行走，有一會兒他甚至抓著我的手腕。我們並排地走著，引起了人們的注意，有十雙眼睛目送著我們，我的那套水洗布衣裙、我的紅高跟鞋、我的陽傘。這些眼睛在回頭對我們張望，我感覺到，我的每一步都在人們注視之中。又有一雙雙新的眼睛，因為人流不斷匯集到了栗樹林蔭道上。羅基特卡小河繞著這條林蔭道潺潺流淌，微波蕩漾。河面浮動著栗樹枝椏婀娜的身影，小河上方橫跨著那條散步長廊，長廊上休鬧的人們來來往往，川流不息。年輕母親們推著各式各樣的兒童車、五彩繽紛的衣裳，組成了一條服裝、面孔和千姿百態動作的滾滾大河。博士輕輕抓著我的手臂，我覺得自己有點兒臉紅了。我們逆著色彩斑斕的人群而行。只是河中漂著小鍋、藤筐，甚至還有舊爐子，總之，博士的屋裡有什麼，這河裡就有什麼。我們一直走到羅基特卡小河與伏爾塔瓦河交會的地方。有座小工廠門前貼著半條廣告「本廠專利產品……」在陽光照射著的河面閃爍。在寧靜的河灣那兒坐著好幾十位釣魚愛好者，兩眼盯著他們的釣竿；在河岸一排欄杆旁邊站著的那些人只顧盯著浮標和釣竿；林蔭道那邊的草坪上孩子們在追逐嬉戲；排排長椅上坐滿了媽媽、保姆和奶奶們，她們一個個仰著臉或趴在那兒露著背一動不動地曬太陽。草坪上一條小道彎彎曲曲朝上穿過木叢和起著裝飾作用的小樹林，林子上方聳立著幾棵高大的法國梧桐和白楊，那兒還豎著一個紅磚煙囪。小路快通到坡頂的地方有幾張長桌子，以及與桌子同樣長的凳子。凳子上坐著身著節日盛裝的老人，他們在玩撲克，遠遠就能聽見這些牌友們甩牌的聲音和他們歡樂的笑聲……兩座小山坡都有人在走上走下，行人們時而出現在山坡上，時而隱沒在灌木叢和小樹林中，活像正在演出的大劇院或在放映的彩色影片。我從來沒有想過人們竟會如此享受星期天……

我邁著步，感到幸福，不是因爲博士走在我的身旁，而是因爲我第一次地環顧了四周，看到人們怎樣生活。他們也許跟我一樣，家裡曾經有過企業、飯店和工廠，有過財產，但是他們已能順應現狀，像什麼事也沒發生過似的過著他們的星期天。可是我還看到，大多數青年男女都像我一樣正從事某種職業，幾乎每個人都有自己的目標，都有地方可去，用各種方式把星期天當做一種饋贈，一種禮物。此時此刻我別無他求，只希望每個星期天都這樣散步，去游泳。博士胳肢窩底下夾著折疊墊子，我提著泳衣，不知道我們將要在什麼地方游泳。眼前的一切都讓我感到驚喜不已。……在這午前的片刻，我們並肩同行，可卻默默無語，我們只是互相對望著。博士感到幸福的是我正看著他也看到的一切；我感覺幸福的是走在我身邊的這個人在我上班的時候讓我埋在一大把鮮花裡，在我心中激起了一種與我因被未婚夫拋棄而感到的痛苦完全不同的東西；甚至當我想起那負心人時，我倒高興他拋棄了我而跟別人結了婚。爲了今天這一天，爲了這個上午，實在值得，因爲我竟然這樣邁著步，藉由人們的眼睛使我走進了他們的生活、他們的世界。也許這還是我有生以來第一次這樣欣賞景色、欣賞對岸點綴著帆船的伏爾塔瓦河的靜水灣，第一次地環顧我自身之外的這一切，讚歎老樹幹。我抬起頭來讓自己能看到參天的樹梢，忍不住去撫摸那些樹皮，我還舉起手來，讓我的指頭能觸到樹葉……我朝這一切點頭致意。我瞧了瞧博士的眼睛，看到他目光炯炯有神，因爲我所見到的這一切而變得年輕了。他點點頭，深深地呼了一口氣……

我們一直走到林蔭道終點。穿著節日盛裝的人們已經回家享用星期天午餐去了。伏爾塔瓦河灣深潭的水，流到正有遊艇駛過的河流裡。遊艇後面留下一縷淡淡的煙霧和清脆的管樂曲。整艘遊艇上裝滿了密密麻麻的遊客。實際上行駛在河裡的這艘遊艇上只能見到無數張人臉、五彩繽紛的運動衫，它正朝羅斯托基某個地方駛去。博士從林蔭道上下來走在沿著河畔的小道上，從這裡可以看到一片隱沒在綠茵茂密的樹林中的寬闊河谷，綠林中隱約露著一片片小紅屋頂的木舍。河谷對面延伸著一個長長的綠色小山坡。山坡陡峭得讓你一清二楚地看得見彎彎曲曲朝上蜿蜒的小徑，看得清山坡上的房屋、木舍、小花園以及在花園裡幹活的人們。小山坡頂上是一座石牆圍著的小宮堡，石牆外的一道懸崖一直伸到伏爾塔瓦河谷裡。懸崖下方聳立著大小別墅的小塔尖。我就在這我從未來過的河谷裡，沿著一棟棟小樓房漫步。這些樓房旁邊的小花園一個接一個，一直通到河邊。這裡到處是繫著圍裙的婦女，她們有的在替花草樹木澆水，有的在苗圃地上除草鋤地。她們的小屋都敞著門，你可看到灶面、長沙發。這一排小屋的盡頭是一條兩旁長著高高的白楊樹的小路。即使沒有風，白楊樹葉也在輕輕飄動，奏出悅耳的音樂。陽光燦爛，某處敲響了午鐘。過了那如今蓋滿塵土的林蔭道，便是一直連接著布洛夫卡村的一個個長滿果樹的園子。綠茵之間到處閃爍著襯衫、袖子的顏色，有時還隱約能見到俯身於花圃上方的半截身子。我還看見噴水管正在往花上噴水……使我感到驚奇的是，我怎麼突然會看到這麼美麗的東西，人、樹木，都是我以前沒注意到的。不是因爲我沒時間，而是因爲我總是沉浸在自己的倒楣事情裡，像個麻木了的人一樣過著我的星期天。實際上在我還是小姑娘的時候也從來沒去注意過樹有多美麗，灌木叢還有它上面的那些小葉子有多可愛，花圃有多漂亮；我甚至從來沒注意到，直到在這裡，才注意到那些胖女人正在澆灌的花草有多美麗，她們赤裸的身上只圍著一塊現在根本不流行的大圍裙。實際上，是這個走在我身旁、猶如我的保姆、我的家庭教師的人改變了我的這一切。他不需要作任何講解、教導，而且就我的性格而言，我跟我媽一樣固執，他要是來教訓我，我恐怕會故意什麼也不看，什麼也不去注意，自我封閉起來，翹著鼻子，含著眼淚，朝地上看……可是他只在我身旁邁著步，朝自己周圍看看。我也跟著他看，看到的幾乎跟他看到的一樣。我根本不去看錶，我幾乎不想時間流逝，好讓我一直能這樣邁著步，只在我們這兩個身影移動的空間裡。

「謝謝呀！」我說。

「喏，別謝我。您所看到的一切，首先在這裡，然後在這裡。」他用手掌拍響了一下額頭和眼睛。「那是貝爾茨・迪羅卡！」他說著用手指著一座有好幾層樓的房屋，一個個拱形窗戶，是坐落在綠蔭林中的一座粉紅色的樓房。「我曾到這兒來跳過舞。二樓有個舞廳，下面是一個小酒吧，外面擺著三張鋪著白桌布的紅桌子。貝爾茨・迪羅卡，這是爲戀人們準備的。」

「可我們別去那裡。」我說。

「這我們還有的是時間。那邊那兒是『小廚房飯館』，還有個專爲兒童開的花園飯店。那邊那地方叫約根斯迪爾，是爲了紀念舊奧地利的，有點兒維也納神韻，可是一切都已荒蕪，沒有人了，只能留給我們這些還能理解被遺棄的舊東西的眼睛看看而已。沒有任何人照料它、修護它。我們可以走進去，到處去瀏覽一番……」

博士微笑著講述這些。隨後他走到我前面，橫過公路，沿著一條長滿雜草的小道朝小廚房飯館走去，透過樹林可以看到昔日這座數層樓的飯店，飯店門前有四排樹木，中間豎著一座音樂亭，旁邊斜著一座小塔。音樂亭裡到處亂扔著破舊凳子、又破又鏽的折疊椅，亭中的柱子上刻著花紋，還有那些刻著蔓藤的木板、破損得像揭開了破舊腐爛油氈的小屋頂。亭子立在幾十株老樹的中間，可是小路旁邊還有兩個供孩子們玩耍的小亭子，裡面落滿了枯葉。供孩子們玩耍的這兩個破了頂和小塔的亭子是供他們舉辦聯歡會用的，玻璃牆上有幾根板條作裝飾。博士踮著腳尖，輕步走向這座兒童亭，掃掉小桌上的枯葉，搓了搓手說：「咱們就在這兒吃午飯吧！」

他從我這兒拿過網兜，打開食品包，拿了一塊炸豬排，狼吞虎嚥地吃起來。我也拿了一塊，但我沒胃口。因爲我們在洛西尼亞也有過這麼一座別墅，同樣用這種小塔作裝飾的別墅，我們在洛西尼亞的那座小別墅是按照在薩爾茲堡的那座小別墅建造的。牆壁是木結構，屋頂和大樑也是用同樣的木刻花朵和枝葉作裝飾，甚至在那花園角落裡的兒童亭子也一模一樣，我們小時候常在那裡吃早餐和午後茶點，然後在那兒玩耍，爲我們那美麗的亭子而感到驚訝不已，這是專門給我們小孩用的。這個用木製的美術字母和葡萄藤鬚裝飾的亭子跟巴黎街⑳上裝飾的那些房子一樣。我默默無言地環顧四方，博士用餐巾擦了一下嘴巴……

「這個花園餐館曾容納過三百個旅遊者，可現在已是不時興這種美的時代。在貝爾茨・迪羅卡裡面有菩提木做的桌子，緊靠牆壁是一排堅實的長凳，還有很重的木靠椅。可是去年，這一切便都被搬掉了，換上了塑膠椅、塑膠桌，摸起來冰冰涼涼。因爲時代不同了。這眞美！我們兩人站在這裡觀賞著這既無強龍也無守護天使看守的美。您懂我的意思嗎？木板斷裂，而我們卻在這斷裂的碎木板上。這些碎木板扎著我們，這些碎木板留在我們體內，這時我們還來得及看一眼這不幸……您別爲任何事物感到惋惜，莉莎

⑳布拉格舊城區一條很漂亮的街。

跟我說過，您過去擁有過的一切都已經一去不復返了，無影無蹤了。您只能看到這些並爲之感到驕傲。您可以看到自己這一失落，但您不能氣餒，必須對它一笑置之。只有這樣您才能從這裡面解脫出來，得以解放，變得像我這樣幸福。當我看著這昔日的花園飯店裡所看到的情景時，我在流血，而我這流血，我這爲舊奧地利而悲慟的哭泣變成了笑，因此您只管看看我的眼睛。使我感到驕傲的是我有一雙猶太教徒那樣的眼睛，一雙猶太教士的兒子那樣的不對稱的眼睛。所以說，我有什麼罪過？就因爲我們愛喝啤酒，因爲我有個猶太名字的朋友博烏迪和艾戈，因爲他尿溼了我的地毯？我們所有這些在堤壩巷的住處歡聚的人都是從這些亭子裡、這些兒童舉行過聯歡會的亭子裡被攆出來的。……實際上，您也屬於我們這一群，因爲您也是個孩子，已經哭累了的孩子……但是您能看到那灑滿陽光的山坡，看到山坡上花園裡的人們怎樣在曬太陽，像一顆顆寶石在閃光。您瞧瞧自己周圍這一切簡直像在一間珠寶首飾店哩！然後您就會像那個假設的猶太教士之子博烏迪一樣從不氣餒，他守護著所有悲劇性的、富有詩意的、一切被毀滅的美好的東西，就像畫家夏卡爾㉑所能做到的那樣。」

他因說這一番話而累得喘不過氣來，臉紅了。他說話聲音那麼大，彷彿他說的對山坡上所有的人，對沿著河岸漫步的人，對下面八個網球場打網球的人，對布拉格所有的人，對不僅捷克地區而且包括維也納、布爾諾、伊赫拉瓦乃至中歐所有的人都有效。

他把剩下的食物包起來，迅速塞進小提包裡，拿起我的傘，胳肢窩底下緊緊夾著吹氣墊，將手伸給我，我抓住他的手，他領著我，跑過雜草叢生的小道，我們一溜煙地飛跑著，好像偷了這裡的什麼東西，好像給這座亭子殘骸放了一把火。我們跑呀跑的，一直跑到橋邊網球場那兒，博士才放開我。他喘得一塌糊塗，我也喘得一塌糊塗，血液直往頭上衝，我有點兒接不上氣來。玩網球的人都停止了打球，朝我們看，他們看著我們從他們旁邊跑過去。我們還在小道上面跑時他們就已經看見我們了。如今他們見我們在哈哈大笑，笑得邊咳邊喘，而他們便又精力集中地發球、接球、扣球以及爲有爭議的球而爭吵……我們正從這些汗流浹背、穿著白色短褲、裸著上半身的球員身旁走過。他們像動物園那些關在鐵絲網大鳥屋裡的鳥兒一樣，待在鐵絲網圍著的網球場裡。老少球員們都累得大汗淋漓。中午的烈日烤著他們，但不管輸家贏家或者爲丟了球而難過的人，都感到幸福……

㉑夏卡爾（Marc Chagall, 1887–1985），猶太人畫家。生於俄國西部小鎮維捷布斯克，最後定居巴黎。有許多關於猶太人的作品，爲果戈里的《死魂靈》作過一百零七幅版畫插圖，爲拉封丹寓言作過一百幅水粉畫插圖，爲法國歌劇院作天頂畫，爲紐約大都會歌劇院完成兩幅大型壁畫。

8

我們沿著伏爾塔瓦河邊的一條小路朝著隆隆水聲走去。在我們前方某處是一座水壩，壩上的水落下時持續轟隆作響，河水流速加快。我們頂著太陽走在堤岸上，河對岸聳立著樅木和白楊。「您走前面！」博士請求著，我像男子漢一樣大步跨到前面……他又微微臉紅了，因爲他大概已是第五次請我走到他前面去。等他追上我時，累得直喘氣。從堤壩上有好幾級台階通向河裡，博士一直走到最下面那一級，捧了幾捧水洗臉、洗脖子，然後又滿頭涇漉漉地走回來。

我們沿著河岸朝一座小山坡走去，山坡上面是葡萄園，葡萄園頂上是一座小教堂，小教堂後面聳立著一片松樹林，葡萄園的那一端有一座大果園，果園上方看得見一座大宮堡的屋頂。「這算不了什麼，」博士說，「這是特洛亞宮堡，施特恩保公爵曾經住在這裡，他是德國人，但卻又算得上是個傑出的捷克人，民族之父巴拉茨基㉒和其他愛國者也曾到他這裡來進修過捷克文。」

我們走在河岸上。河裡映著藍天、朵朵白雲，河對岸幾棵樹的倒影投在泛著微波的河面上，彷彿被雨中的百頁窗簾隔成一段一段。博士現在又顯得憔悴、衰老了些，大概是他昨夜在家裡和朋友們歡聚的酒後頭疼又在發作。一直伴隨著到這河邊的那股熱情消失了，他對我談起他自己，更確切地說是在為自己悲泣：「我從來就不是喜劇小丑。我從來沒本事去勾引別人的女朋友。我總是讓別人奪走我的大美人。我年輕的時候是個沒有勇氣去為自己的愛情與人搏鬥的憂傷青年男子，因為我總是先想到破滅、不幸與死亡。這是我做為一個男孩、一名少年的秉性……直到現在我也沒有多大長進，我仍然是個憂傷的馬戲團小丑……所以我才這樣沒節制地喝酒。連我自己也覺得不好喝，可是我還是喝，為的是讓我在社會上還算是個人物，還有點兒顯眼。如今我又憂傷起來了，現在要是有輛火車開過來，我眞想去臥軌。我在您面前、在我自己面前感到不好意思……我知道，我要是來兩杯啤酒，恐怕能提高水位，我又能從死裡復活……可又有什麼辦法呢？」

他說著又沿台階跑到河邊，捧起滿滿兩手掌水潑到臉上，但他覺得這還不過癮，又

㉒巴拉茨基（Frantisek Palacky, 1798-1876），捷克功績卓著的歷史學家、哲學家、政治家、文化活動家。

用那雙溼溼的手脫下針織汗衫，洗了一通上半身。走回來時，溼手指抓著溼汗衫，讓身上的水一直淌到腰間。連褲子也開始溼了。他走在我前面，我不得不拿著那張充氣墊子。我爲這位突然變了個樣的博士感到驚愕。突然我後悔不該跟他一塊到河邊來，突然我覺得這個人有點兒討厭了。他又跑到水邊去沖了一下臉，洗了洗胸口，大概他還覺得這不過癮，便彎下身來，張開雙臂，撐在已浸在水裡的最後一級台階上，將頭泡進冷水裡。走回來時，他呼了一口氣，打了個冷顫，聳了一下肩膀。我四下裡張望一番，驚訝地發現我們離堤壩已經很近了。已經看得見水落的地方泡沫翻滾、水花四濺。一條鐵索橋橫貫河上，有個人走在上面，停在橋中央。

「這是堤壩看守。我眞想當這麼個堤壩看守。」博士說，「我熱愛世界上兩樣東西：水與火。我們如今正在水邊！您知道，我就是寧城水邊長大的，我曾過橋進城去上一年級，回家的時候也要過橋。我不喜歡上學，我在學校裡只是熬日子。從六歲起，我關心的生活就只是水、小溪、小河和水塘，主要是流動著的水。天氣一變，水也變，水面隨天氣而起變化，我大概也隨著天氣變……下雨時，我就像那天空一樣憂傷。當我還是個孩子時，我常去抓魚，下雨的時候，魚容易抓，我便去抓。因爲直到現在我都非常非常喜歡魚……只不過現在我不抓魚了，我已長大成人，捕魚要有捕魚證。啤酒廠後面流淌著易北河。我抓了十五年的魚。我童年時喜歡在這條河裡游泳，夜裡我喜歡在月光下游泳……我在這條河裡學會了安靜和沈默寡言……我像欣賞一位美麗的姑娘一樣鍾情地望著這條河，這條河是我最喜歡的……這條河叫納什布拉特赫……是伏爾塔瓦河最美麗的一段。」博士現在是大聲喊話，因爲我們已經到了從河對岸橫過來的小橋這兒。建在樑上和鋼筋柱上的堤壩也從這兒橫過河面。這壩是用緊緊串連在一起的橡樹厚木板構成。這厚木板足有五米長，上下都有鋼結構牢牢地固定著，就像鋼筆夾子夾在胸前口袋那樣。堤壩上的水跌落的地方，白沫翻滾、泛起團團銀色鬈髮……博士站在水閘附近，用他那一高一低位置不對稱的眼睛望著急湍奔流的河水。他光著膀子沐浴在陽光下這麼站著，我驀然對他起了憐憫之心。他本可以獨自待在這裡的，我看到，他一個人完全夠了，甚至他喜歡一個人待著。我看到，孤獨對於博士來說是很自然的，而且是他性格組成的一部分。我對他的個性只觀察這麼幾天，便覺得我早就認識了他。因爲這位博士沒在我面前演戲，他甚至盡力想讓我得到有關他的最壞的印象。他在我面前什麼也沒僞裝，什麼也不隱瞞。如今他站在這裡，望著插進水中的閘門邊沿。我見到他曬得烏黑。他喜歡曬太陽，像所有的布拉格人一樣，夏天要是沒曬黑，那就是一種不幸，就有種自卑感……我望著他，望著這個凝視著河水、幾乎與它融爲一體的男人。我敢肯定，要是我對他喊叫一聲，準會嚇他一大跳……我將目光重新轉向那跌落的堤壩水流，它轟隆隆拍擊著河下的磐石，我對這陽光照射下的霧茫茫的水星碎珠總也看不膩；我看到了幾道彩虹。彩虹後面還能看到對岸隱隱約約的白楊和榿木高大的樹幹。那邊還現出了白色的籬笆和白色的跳越障礙物。從河岸某處拐出一條賽馬跑道，一個運動場。……我看到這邊河岸上也坐著釣魚的人。有的人站著，正將帶鉤的魚形金屬片拋向遠方，在陽光照耀下，金屬片閃爍著光芒，在河的上空與釣魚線一起掉進水裡。釣魚人在手指間繞著像弦一樣斜拉著的釣線……

博士將鞋脫下提在手裡，體驗了一下腳踏在被陽光曬得灼熱的方石塊上的滋味。他踏著舞蹈般的步伐，使勁不讓腳板嵌進石塊之間的縫隙裡。我跟在他後面，回頭看看這條河。現在我看到從水壩上沖下來的一整面水牆，我甚至有點被這水嚇著了，開始害怕起來，心怦怦地跳。博士小心翼翼地朝河裡往前走去，一直走到閘門下端。傾瀉下來的水已經與流水匯合在一小塊綠色的草場上……

博士衝我喊了些話，我只見他張開的嘴巴，什麼也沒聽見。他又對我喊了一通，可是我還是什麼也沒聽見，堤壩瀑布的響聲蓋過了他的喊聲，我做了個疑問的手勢，兩手攤開，氣墊掉了，博士連忙沿著河堤跑去，接住那充氣墊，對著我的耳朵喊道：「水！多好的水啊！」

我點了點頭。他將手伸給我，小心翼翼地牽著我往前走。草場四周流淌著水，好極了的水。我坐下來，博士拿著充氣墊，耐心地將氣吹足，累得差點喘不過氣來。他堵上吹氣孔，將吹得鼓鼓的、帶條紋的氣墊的一角遞給我。他摸了摸氣墊，點了點頭，又將氣孔栓往裡面塞緊了一些。我取出泳衣，博士脫下長褲、內褲，裡面還有一條在家裡已經穿好了的黑色人造緞子泳褲。他拿著氣墊，來到河岸邊，將氣墊抛得老遠，直到水閘門附近。我也脫了衣服，換上泳衣，坐了一會兒，將兩隻腳伸到水裡泡著，隨後觸著沙底。水在流淌，有點顫動。我站起來，用腳小心地試探深淺，水沒到我的膝蓋，然後到腰間，我輕輕地往胸上灑了些水，又走了幾步，水到了我的胸部，我往水裡一沉，開始游起來。水托著我，好在我也從小生長在河邊，早就會游泳。也許這就是我曾經做過的唯一運動。我划了幾下又到了岸邊，觸著了沙子河床，便站了起來，用水洗了洗臉，河水有股清香味兒。然後我瞧瞧水閘那邊，博士正在擺弄那張氣墊，隨即躺到它上面，流水將他帶到水閘那兒，藍黑條相間的氣墊順著波浪飛馳漂流。博士舉著雙手，我也舉起手來朝他揮動。突然間，我猛地一愣，因爲氣墊被浪沖著直朝我奔來。博士從飛濺的浪花中冒出來站到了我面前。他下了氣墊站在水裡，水齊腰。他對我一笑，嚷道：「棒極了！」

「什麼？」我用手拱在耳後問道。

「棒極了！」

「對！」我點了點頭，實際上什麼也沒聽清楚。我一轉身，重又鑽進水裡游泳去了。

水流將我沖走，我有意讓它推著順流而下。河岸上有穿著襯衫在散步的人們，孩子們在他們前面玩鬧嬉戲。他們看看我，我朝他們微微一笑。人們離我那麼近，我一伸手幾乎就能碰著他們，只不過他們在逆著水流往上走，我卻是順著水流往下漂，一直漂流到一個僻靜的地方。我碰著沙底站了起來，轉了個身。

博士正看著我，他舉起雙手，高興地笑著，他喜歡看到我這個樣子。他立即猜出來，我也是在水邊長大的，當我還是孩子的時候也常在河裡游泳。最主要的是我不害怕河裡的水流，我竟能經得住這河的牽引，放心地將自己託付於它，沒作任何抵制。因爲我知道，連河也喜歡那些善於將自己託付給它的水流的人。我高一腳低一腳地走出水面，水流推得我踉踉蹌蹌，我從水中走出來，登上堤岸，往回走了幾步。我邊走邊看到博士在盯著我。我幾乎像個赤身裸體的人，實際上就等於赤身裸體，因爲游泳衣緊緊貼在我的身上，我迎著他的眼睛走去。這對眼睛正在熟練地審視我。我看到，當我從堤岸往下走到綠色的小草場時，博士將氣墊扔到岸上，逕直朝我走來，將手伸給我，領著我往前走。我坐下來，用兩隻手抱著擋在胸前的膝蓋。

「您有一對美麗的胸脯，」他說，「而我，我有一雙漂亮的腿。」他驕傲地補充說。

「什麼？」我表示驚訝。

「我有一雙漂亮的腿呀！您瞧，有點彎，這是踢足球踢彎的。這是我唯一引以自豪的。除了我這副漂亮的肩膀之外，我還有雙更漂亮的腿。」說著，他伸直了腿，用力讓兩個膝蓋能碰上，但中間還是有條縫。我的確得承認，他有一雙肌肉發達的漂亮的腿、一位不久前才停止踢球的足球運動員曬黑了的腿……

「O型腿……」我輕聲說。

「這是踢足球踢的。我著迷地踢了十年球。可是您自己也不得不承認：我這雙O型腿很好看。」他笑了。

「好看透了！」我笑著說，勇氣倍增，「我常為我有一個正如您所說的大胸脯而苦惱。我在十六歲的時候就得戴九號胸罩。您知道，那時候，我曾為這而感到害臊，我總也學不會像今天那些電影演員一樣扣好那胸罩扣。可惜那時還不流行夢露式的體型。」

「但我喜歡您這個樣子。」他說，「您的腳甚至也有點兒歪，不過所有的芭蕾舞演員的腳都有點兒歪，這是因為您站著的時候，總擺著一個芭蕾舞演員的基本姿勢，右腳稍微往前，腳板斜著往外撇。」

我瞧了一下他的手和手指頭說：「您的手可磨損得厲害，手指頭黑黝黝的。……這可不像一位博士的手。」

「不像。這是因為我還是個小男孩的時候就喜歡在花園裡幹活。喜歡跟貝賓大伯一塊兒揮鐵鍬、搗動大麥芽，因此我停止了彈鋼琴，我曾去上過六年鋼琴課，可是我的指頭太短，我在克拉德諾那四年所做的工作也只是耍弄大鍬。我現在的這份工作，等您到焦街去看看，您自己也會看到這是一樁累人的工作……可是我爲我這雙手和指頭而感到驕傲。我常常在我驚訝的雙眼前面攤開我的兩隻手掌細細觀察。我在手掌上讀到、看到從我手裡經過的一切。實際上我做不了其他事情。我曾想當名足球運動員，可是我踢球的時候斷了鎖骨和肘腕，要不然我會是個頂尖的足球運動員；彈鋼琴吧，我只演奏過幾支蕭邦的小夜曲，我更樂意在『橋下小飯館』彈史特勞斯的圓舞曲，但就連這個我也不得不放棄，我當鋼琴家是永遠成不了氣候的……二戰時，我是一名列車調度員，這我也沒繼續做下去；後來我當了卡雷爾・哈利・克羅方特公司的貿易代表，在這之前我還當過小業主基金委員會的保險業務員，可是這些我都不得不放棄，因爲我在這些行業裡恐怕永遠也做不出什麼成績來。我只有在克拉德諾耍大鍬耍得很出色，在那裡師傅們都把我當做別人的榜樣。他們一誇我，我就像吃了蜜一樣舒服。在克拉德諾我有點兒不再像個喜劇裡的小丑、憂傷的丑角，可在我自己的眼睛裡我仍然是這類角色。不過，藉著別人的眼睛我至少能直視人們的眼睛。從這時候開始，我甚至從鏡子裡直視自己的眼睛，從鏡子裡我也覺察到儘管在人們心目中我是個膽怯的人、是個小丑，但我實際上是一個挺好的人。」

「實際上，」我開始現出喜色，「我喜歡玩撲克牌，您有點兒像……我可以對您說嗎？

您有點兒像撲克牌中的大鬼！」

「什麼？」他嚇了一跳。

「大王啊！……」我換了一個說法。

「小丑？」他失望地說。

「不，大王是給玩牌的人帶來好運的一張牌，每個玩牌的人都希望抓到大王……因爲大王的樣子雖然普普通通像馬戲團的小丑，可是這張牌比所有的『10』、所有的『國王』、所有的『皇后』以及所有的『J』，甚至比所有的『A』都要大……他笑笑的，可是它能做掉任何一張牌，因爲大王是第一的。」

「我在您心目中是第一的？」

「是。因爲我曾經不想活在這世界上了。當我處於最無力、最低潮的時候，我來到你們的院子裡，您正用草根刷子在刷地板……如果別的什麼也沒有，就憑這幅畫面您就是第一。」

我將目光轉向了別處。

然後我們並排坐著，我們互相不再看對方，重又望著那轟隆作響的堤壩瀑布，望著四濺的水花，望著水霧中雲朵般翻滾的白色泡沫。它們被微風帶著隨水而下，撞在小島中的灌木叢和長著像抹了油一樣的葉子的蒼翠柳樹枝上。我拿著氣墊，將它帶到岸上，朝著水閘的方向一直走到上面河水流進三米寬槽子的那地方，猶豫了片刻，從那兒朝下看，後來只見博士正從上朝我看，本來我壓根就不敢坐到氣墊上去，可是博士的眼睛逼得我克服了恐懼心理，將氣墊放在比原來高幾米的地方，然後從水裡跳到藍黑條紋的墊子上，水流將我帶進了傾斜的水面，快速急劇地穿過平滑的柱子。有好幾次這墊子曾卡在光滑的柱子和厚木板之間，可是湍急的水流將載著我的氣墊飛快沖到下面，穿過最後的向後旋轉的波浪，漂到平靜的河灣，流速減慢了，我這才睜開眼睛，就像我上次躺在醫院搶救，從我體內抽出了可能將我帶到另一個世界、帶到死亡的一把安眠藥之後那樣睜開了眼睛……我在氣墊上仰躺了片刻，我彎著胳臂擋在眼睛上。博士將氣墊拉到他身邊，我穿著泳衣躺著，他俯身看我，細細觀察我，然後溫柔地拿著我的手，將它放直，望著我的臉、我的眼睛……

之後我們便只是並排地躺著，在陽光的照耀下很是舒服，我開始感到疲倦，便睡著了。在我沉沉地睡去之前，我還聽到人們的腳步聲，他們在我們上方的小道上漫步，我聽到他們的談話聲、笑聲、孩子們的嬉戲聲、媽媽的訓斥聲和河堤瀑布的隆隆聲，這一切使我漸漸地闔上了眼睛，我感覺得到博士躺在我身旁，我們腳的觸碰，後來我便沉睡了……

我醒來時，太陽已經鑽到河對岸的白楊樹冠的後面去了。博士已經穿好了衣服，坐在水閘的第一級台階上。他縮著雙腿，兩手抱著膝蓋，只是這麼坐著，嚼著一根草，聆聽著，一直望著跌落的水牆、落水的旋渦、飛瀉於滿是泡沫的水平面之上的霧茫茫的簾子。這水簾被灌木叢和小柳樹的小島碰得粉碎……我打了一個冷顫，坐起來。我因不習慣於下午睡覺，有點兒頭疼……

9

夜幕降臨，街上已亮起路燈。我們逆著暗得像墨水般的河流往回家的路上走。對岸兩河交會處的白色鷗鳥仍在翱翔，河面上映著霍萊肖維采一排排窗戶亮著黃色燈光的小屋。戀人們雙雙對對從我們身旁走過，他們手牽著手默默地往我們從那兒走來的地方去，那小柳樹林中，也許正是我們待了整個下午的那地方，聽那河水跌落的轟隆聲響。我們走過網球場附近時，只見暮色朦朧中還閃動著一身白衣的運動員們的身影。他們的白毛衣、白短褲在這黃昏中忽忽閃現。他們的頭和手腳都曬得黝黑，因此你覺得似乎只是那些白毛衣、白短褲在活動。博士走在我身旁，河面的反光射到我們身上。博士顯得很安靜，走得有點兒靠邊，時不時碰著我的膝蓋，有時甚至彼此撞了一下，不禁輕聲一笑。河邊小道上的沙子閃爍著光亮，聽得見我們的鞋跟踩在河沙上的咯吱聲。博士在說話，但不是對我說，而是在自言自語：「也就是說，我的童年、我的青年時代都曾是美好的，但只能說對於我是美好的，因爲對我的父母來說是一種不幸……從小學到中學，我媽媽都感到苦惱不堪。每天一起床，就總是像在抱怨地說：『你將來能幹什麼，孩子！你能成一塊什麼料啊！』您懂嗎？直到如今，我一回憶過去就得冒一身汗。因爲，的確，媽媽說得對。因爲即使在今天，我又能成什麼材呢？因爲，在我是個孩子的時候，我總是心不在焉，我即使不在家裡，已在別處，我的心又到了另一個別處。您明白嗎？我留過兩次級，我想去學泥瓦匠，可我爸爸說，不行不行，你只管每個年級都留一次級，但你必須中學畢個業，然後再去學泥瓦匠。從小學三年級起，我的分數便全得三分㉓，操行也只有兩分。您懂嗎？像我這麼個膽怯的人，操行卻只得了兩分。我在這段童年時期的照片也很難看……每當他們幫我和媽媽照相時，我總是板著臉，皺著眉頭，離他們遠遠的。也不知道爲什麼，可是總這樣跟家裡不對盤，跟學校不對盤。我只有在一個人的時候，只有在我抓魚的時候，只有在我躺在啤酒廠馬棚的乾草堆上的時候才感到自在。我躲在乾草堆裡，聆聽著……我那個年代常聽些什麼來著？當大學生的時候，我常愛穿上爸爸的外衣，淋著雨沿河漫步。我片刻地逃離開，獨自穿過草場和森林，一直走到水

㉓捷克學校的最高分爲「一分」（優），其次是「二分」（良），「三分」則剛好及格。

渠那兒，這周圍長著榿樹的水渠流經灌木叢、小樹林。我靠著一棵樹站著，心裡總是害怕著什麼，有個東西讓我害怕去想。後來推想出來了，就是媽媽曾經重複過上千次的那句話。當我一次又一次地往家裡帶回那數百張總是老樣子的成績單時，媽媽一看到這些三分、四分、操行兩分甚至三分時，便成千上萬次地將這句『你將來能幹什麼呀？』的話往我耳朵裡腦子裡灌。於是我總是逃跑，可只要我一停步，累得不能再往下走時，『你將來能幹什麼呀！』這句責備的話便又追上了我。我總算讀完了法律。我之所以選上法律這專業，純屬偶然。我從來沒喜歡過法律。我讀法律系，但不知爲什麼。也許我學法律，而且還學得不錯，只是爲了讓媽媽高興，她再也沒說『你將來能幹什麼呀？』。」我們橫過了公路，山坡上的別墅、小屋窗子裡亮起了一盞盞燈光，整個小山被亮閃閃的路燈裝飾起來。這些燈一閃一爍從山上走到山下，又從山下爬到山上，一直爬到山頂，挨著夜空，那裡豎著像金星一樣放射著光芒的唯一一盞路燈。有些燈光隱藏在叢林的樹枝樹葉後面。我朝那兒一望，彷佛這暗黑中所有的燈光都充滿著愛意。這一整個星光燦爛的夜空和大地都彷佛自己愛上了自己。人們從暗黑中走出來，在光亮中顯現片刻，又消失在樹林中、籬笆後，然後又浮現於稍微前面一點的地方。博士深思熟慮地說：「喝醉酒之後，最美好的不是那股興奮感，不是沿著小路上山坡那時刻，不是那雙舉起的手和源源不斷湧現的那些主意。最有價值的是那第二天，那酒後不舒服的感覺，良心責備，那種沮喪憂愁。當一個人情緒低落時，就像您看見我在洗鍋的時候那樣。我每一次酒醉頭疼之後，我自己就像是我媽媽，我也這樣地對自己說：『你將來幹得了什麼？』這就是酒醉頭疼的力量，想要開始新的生活。……而且，在酒後難受時至少我是這樣：出現一些我在清醒時害怕去思考的想法。酒醉頭疼之後往往出現一些若在平時會讓我嚇一跳的思想，這是一些雖然不會有太多，但也總有一點點進步的思想……頭疼的時候你會想起昨天晚上和夜裡你冒犯了誰，闖了些什麼禍，當我爲自己所說出的胡言亂語、當面辱罵了鄰居和客人而嚇得、羞恥得冒出冷汗，甚至不想再活，想要自殺時，突然就會冒出那句『你還能幹得了什麼？』的話來。您是知道我怎麼寫作的呀，如今我才看到，我的寫作也是對自殺的一種防禦。透過寫作我似乎從自己身邊擺脫掉了；透過寫作我能在某處想出究竟我還能幹得了什麼。現在我還是原來的那個我。我透過寫作醫治自己，就像天主教徒用懺悔來醫治自己，就像猶太人用對著牆壁傾訴來醫治自己，就像我們的祖先對著一棵老樹說出自己的秘密、擔心與恐懼來醫治自己一樣。歸根到底就像佛洛伊德㉔

㉔佛洛伊德（Sigmund Freud, 1856-1939），奧地利精神學家、心理學家，精神分析學派的創始人。他拋棄了古老的催眠術，讓患者想起什麼說什麼，由此發現隱藏的病因。

的病人用想到什麼就說出什麼的辦法來醫治一樣……實際上我的寫作是從一行字到另一行字的飛奔。在打字機上看得很清楚，我從來不知道我寫了些什麼，我總是在追逐一種思想，這思想總是在我面前，我想追上它，但它總是跑到我前面去了。於是我像小時候追趕著開向我外婆家去的火車那樣，像我從學校逃跑回家那樣，亦像我從家裡出來沿著小河飛跑逃離我自己那樣，我總是從我所在的地方跑到別處去，從我的那些小姐們那兒跑到男孩們那兒去玩撲克，爲的是好讓我又從男孩子和朋友們那兒跑到另一個暗黑的地方去。當我一停下來，我又看到，我還得接著逃跑，因爲在我面前，我沒有找到目標。在我還是個孩子、一個青年男子的時候，我有過那麼多職業，我在我的職業中也老是逃跑。我當保險業務員的時候，就期盼著快跑回家，在家裡時，我又往外跑，上小飯館，當推銷員推銷玩具和服飾用品時，我又坐著火車和汽車往哪兒跑來著？爲的是能把這些玩具和服飾用品賣給零售商。我整整坐了四年公共汽車趕到克拉德諾的波爾迪納鋼鐵廠去工作，用小火車爲馬丁爐運送原料。然後又坐著公共汽車回家。在家裡又馬上跑到小飯館去。在小飯館直到今天有時也會突然臉色煞白，不得不再又跑到別處去，就像今天我們倆也一直在活動著一樣。我們老是在路上，因爲我們擔心，擔心什麼？不知『我們能幹得了什麼』……」

我們在一家亮著燈的花園餐館前停了步。老栗子樹下擺著餐桌，坐滿了人的餐桌；

小涼亭裡在演奏管樂，樹與樹之間綁著鐵絲，上面掛著燈籠。只聽得人們的笑聲、歡樂聲、低聲的交談。客人們舉起了酒杯，爲健康而乾杯。透過敞著的通向酒店的門可以看到又一批桌子，坐滿了另一批客人的桌子。這是一個溫暖的夜晚，人們將外衣搭在椅背上，老酒店老闆在灌啤酒，人們擠在酒櫃前，津津有味地喝著啤酒，另一些人端著沒喝完的杯子站在那兒跟身旁的人聊天，或者目光呆滯地望著前面。……從樹冠上傳來人們的談話聲和笑聲，有人從二樓走上空中花園。這裡也是高朋滿座，他們頭頂上方亮著掛在樹枝間拴著鐵絲的燈籠……

我們走進這花園。音樂開始響起，有幾對舞伴起身跳舞。博士高興了，他看見了熟人。

瞧這一回喊叫、這一回擁抱啊！博士將他的朋友領了過來，對我作介紹……

「這是盧德瓦，屠宰工。我和他一道到波爾迪納參加了兩屆義務勞動，整整一年。」我將手伸給了這位俊帥的男士。我想起博士曾經向我談起過這位屠夫盧德瓦，有好多女人追他。比博士講的還要麻煩的是盧德瓦確是個美男子，他身材的魁梧，像舉重運動員，細腰寬胸，脖頸像瑞士牛，長得像白蘭度。他對我微笑，也有雙美麗而憂傷的眼睛，已經看得出來有了幾分醉意。他請我們到他那張桌子，這是由三張桌子拼成的一張大桌，上面鋪著的那塊桌布肯定是下午一直蓋著沒換過，上面染上了啤酒、葡萄酒，還有打翻了的酒杯。盧德瓦將博士手中的氣墊和我的陽傘都拿去掛到一棵老栗子樹上的掛鉤上。他攤開雙手，對那幫穿著襯衫捲著袖子的人說：「這是博士和他的小姐。跟我一起在克拉德諾賣力地建設祖國，從而推動了幣制改革。而這一幫人，」他指著他的那些哥兒們說，「都是當屠夫的。因爲這個娛樂活動是由布拉格屠宰坊的屠夫們舉辦的，連樂隊也是我們的，布拉格屠宰工的管樂隊，而……」盧德瓦先生沒把話說完，因爲管樂隊已開始演奏。所有屠夫們都站起身來，充滿激情地唱著「……當我二十歲的時候，這世界就開始讓我發愁……」所有桌子彷彿都飛向半空，所有賓客都站起來引吭高歌，連空中花園裡的客人也站了起來，他們的頭彷彿伸進了那些老栗樹的枝幹中。孩子們在椅子間互相追逐……博士站起來，搭著盧德瓦的肩膀，也同其他人一起感情充沛地唱著歌。我也站了起來，環顧一下四周，看到的儘是普普通通的男人和女人。他們沒有任何理由逃離開自己或想跑到別處去。我看到，這些人別無他求，只希望這個夏日的星期天晚上持續得越長越好，也許更好是根本就不回家，玩個通宵。大家都站在這裡，四處張望，彼此舉手打招呼，隔著桌子舉杯致意。如今大家在滿懷激情地歌唱著，幾乎爲這憂傷的歌曲而流下眼淚，歌裡唱著：「一切都已消逝，沒有爲我留下開啓這愛的鑰匙……」我看到，我們桌旁的屠夫幾乎都因這屠宰工作而有了生理缺陷。第一個有著一雙短腿，另一個臉上斜著一道疤痕，第三個手紅得像被蒸汽燙傷了一樣，第四個人的肩胛骨微顯突出，第五個人肚子又特別大……惟獨盧德瓦是個美男子，就像博士說的，像希臘神祇、像白蘭度。

博士將手伸給我，邀我跳舞。我們在桌子中間、孩子們中間穿來擠去。郊遊者們跳著波爾卡，有些人跳老式的六步波爾卡，有幾位年輕人鬆開手，各自在跳旋轉波爾卡……博士緊緊摟著我，我靠著他的一隻肩膀，隨即融入節奏。他跳得很好，能轉一個整圈，他帶得我也跳開了，臉側著，呼吸很輕。他跳呀跳呀大概能一直跳下去。我的手能感覺到他的肌肉的確發達，如今他的手稍微往下摟著我的腰，與我靠得更近了些，我都能感覺到他的腿，的確，他的腿很結實。我的頭有點暈眩，整個花園飯店像一座正在轉動、燈火通明的旋轉木馬。像一座威尼斯玻璃大吊燈。有好幾次我們撞著了別的舞伴們，可我們一碰便立即停下來，到後來我們乾脆在舞池邊緣跳。博士總算有了個合適的時間和地點對我說：「跳波爾卡和華爾滋我都當過冠軍，得到過中級舞蹈班的獎。您知道嗎？我曾畢業於兩個舞蹈班，我想當舞蹈冠軍。……在涅麥切克城郊有個班，連一位女士都沒有，我們只好跟男士們跳，雙數算男的，單數算女的……可是第二年在本西涅克，我在中級舞蹈班裡，波爾卡和華爾滋我都得了獎……據我所記得的，在我做過的所有事情中，直到今天，我做得最好的是什麼？」博士將他的臉靠著我的臉，大聲喊道：「波爾卡和華爾滋！」我盡可能向後一仰，他用手摟住了我，我們互相凝視著。花園飯店在我們四周旋轉，燈籠也在旋轉，我們周圍所有的桌子、椅子、客人、玻璃杯都在旋轉。我們周圍的圓圈隨著華爾滋的旋律在一圈又一圈地重複著，舞蹈者們可怕的臉時而遠去，時而逼近。我的頭在暈眩，連忙閉上眼睛，將頭靠在博士的肩上。

華爾滋舞曲結束，我們踉踉蹌蹌走回原位。其他舞伴們仍留在舞池裡，喊道：「再來一遍！再來一遍！」他們抬眼望著坐在高台上的五位樂師，那拿著小號的五名屠夫。黃銅樂器閃閃發亮。樂師們的臉上一片倦容。後來我們狼吞虎嚥地吃著紅燜牛肉，喝著啤酒。之後，盧德瓦先生邀我跳舞。我們一道跳華爾滋時，他從來不轉一整圈，只是按著節奏走著搖步而已。他摟我摟得很牢，使我能夠在他懷裡安安穩穩地得以休息。他離我很近很近地瞧著我，跟博士完全相反。博士的目光總是躲閃著，彷彿犯了什麼過錯似的，就像他自己說的，他愛害羞。他說他年輕的時候，年輕男人害羞成了一種習慣。可是盧德瓦先生卻成竹在胸，所以他敢看我。他知道，當他對我微笑時，我便垂下眼睛，微微有點臉紅。我越是臉紅，霍萊肖維采屠宰場的屠夫盧德瓦先生便更加自信……他的確是位美男子，也許只是對我而言，只因爲他有一頭分邊梳著的漂亮、濃密的淡黃頭髮，他頸旁和耳邊的頭髮微微朝上翻著，形成一個波浪，他還時不時總是用指頭當做燙髮鉗子捲捲它。額前有個波浪，腦後是修剪好的頭髮。他壓根就不像當屠夫的人，而像那位大戰期間在姐姐的婚禮上曾經與我跳過舞的最年輕的將軍赫爾斯沃爾夫。他曾叫我寫信給他，我寫了，可是他卻在烏克蘭某個地方陣亡了……我也注意到他那雙屠夫的手，彷彿有誰咬掉了他一整個手指，而大夫又將它縫上治好了，等我們跳完一曲之後，我變得老成持重起來。盧德瓦先生只是微笑，他不需要解釋什麼，也用不著跟我聊什麼。對盧德瓦先生來說，只要能活在這世上就知足了。

等我們一坐下來，又喝起了啤酒。博士直感謝盧德瓦先生請他喝的酒，他只一個勁地喝啤酒。當女招待送啤酒來時，他甚至要了兩大杯。

「您這手是怎麼回事？」我問道。

「這是……」盧德瓦說，嗓音低沉，淡黃頭髮卻顯得更亮了。

「被豬咬的。我用鉗子去鉗牠時，牠跑掉了，回過頭來咬了我的手一下，這一整塊都被牠咬了下來……」盧德瓦先生笑了。

「豬也咬人？」我感到驚訝。

盧德瓦抓著博士的衣袖說：「您愛寫東西，這方面您該知道……對豬也得採取點恐怖手段，因爲只要牠們一不覺得疼，就會向我們進攻，所以我們有橡樹木做的木棍。剛把牠們從車廂裡放出來，我們就用棍子揍牠們，趕去屠宰時也揍，讓牠們害怕。懼怕是一種非常好的、能管住牠們的手段。您該知道。」淡黃頭髮的盧德瓦先生像在夢幻中一樣說，「那些豬有時那一聲尖叫啊、飛跑啊，儘管我們用力抽打牠們，牠們也往冒著蒸汽的木盆裡鑽。蒸汽熏著牠們，溫度越來越高，我們再用通電的鉗子、滾燙的鉗子將牠們殺死，因爲我們是屠夫。」

博士沈默了。我注意到屠夫們的妻子也坐在這裡。這些妻子和悅地提醒她們的丈夫別喝這麼多酒，控制一下自己，最主要的是別好幾種酒混著喝……可是屠夫們將自己的手按在妻子的手上，看了一眼她們，微微笑了笑，揮了一下手，還接著往下喝……

「您作爲一位未來的作家，要能看到就好了。當您一打開運豬的車廂，幾乎每一節車廂裡都有一兩頭死豬，是嚇死的，嚇得中風死去，跟人一樣……根據統計，在西德每年死在車廂裡的豬有六萬頭，嚇死的。在米蘭修了一條朝下移動的隧道，在米蘭的屠宰場裡，用車廂運來的豬走在一個傾斜的洋鐵板上，所有的豬都沿著這個大漏斗往下掉，又挨震盪又受傷，這些豬很容易被電鉗子弄死……」

盧德瓦先生一個勁兒地聊著，眼睛越來越漂亮，還抓著博士的胳臂，而博士只是低著頭喝他那兩杯半公升裝的啤酒。我看到他也像米蘭屠宰場的那些豬仔一樣被同樣的恐怖嚇得快要死去。可是他既然想要當作家，想要知道一切，在這裡他只好違背自己的意志聽著、呑聲飲泣著。音樂在演奏，舞伴們在繼續跳舞，盧德瓦在給博士上課……

「世界上最溫順的動物是小牛犢。火車車廂載著牠們，在某處停下，那車廂在路上走了一個禮拜，裡面站著那些小牛犢，等我們一打開車廂門，那裡就有兩頭被悶死的小牛犢。還是小娃娃，剛長大的孩子呀！這不同於在車廂裡因爲恐懼而梗塞致死的兩頭豬呀！……我還從西德一份雜誌中看到，他們從羅馬尼亞某個地方運馬進來，一打開車廂門，就看到一匹窒息致死的馬。我在這本雜誌上還看到一張照片：在路途運了三天的小馬駒不肯走出車廂。博士，您想當個作家，您就該知道這些情況，我替您把這張照片找來，送給您，在那張照片旁，在那篇報導裡寫著，當那匹小馬駒不肯走出車廂時，趕牲口的人便在車上割掉牠的舌頭，當牠還是不肯出來時，便在車廂裡把牠殺死了……博士，您是作家，所以我才把這些事告訴您，因爲作家該知道一切。」盧德瓦說完，笑了笑，皺紋全跑到嘴巴四周去了。他有一雙漂亮的藍眼睛，當他這樣笑的時候，眼睛上出現一個藍點兒，在眼珠靠上一點的地方，讓人覺得盧德瓦先生身上有某種神聖的東西，就像我在大戰結束時在教區牧師住宅當女廚和擠奶工的那個時候，從教堂裡的便宜圖片上看到的那樣。「有時候，」盧德瓦先生搖搖頭說，「有時候眞讓人受不了，甚至在這裡也一樣，安裝了一條宰牛的新生產線，我還得在克拉德諾的屠宰場幹半年。在我回到這兒，回到霍萊肖維采我的家之前，一條新的生產線就已經開始運轉了。我們過去總是靠蒸汽，這裡用的是一條新生產線，六頭牛關在這麼個大籠子裡暈頭暈腦的，要是還不行，我們就揍，我用棍棒一隻一隻地揍。我一揍，牛便倒在地上，那兩個負責宰牛的人，他們出去抽煙了，我正在抽打拴著的第十二頭牛。您猜我看見什麼啦？我原先揍得已經倒下的那些牛又站了起來，可那兩位還在抽煙，而我卻白揍了一頓這些可憐的牛，我只好等他們抽完煙，重揍一頓那些暈頭暈腦的牛……博士，可是我們在波爾迪納鋼鐵廠都看到過些什麼經歷過些什麼呀？人被燒死、窒息、燙死……可是……」

他沒說完，所有屠夫們又都站起來，大概是到了某個隆重的時刻。樂隊奏起了迎賓曲，人們將一位圍著白圍裙的老太太帶到栗子樹下常客們坐著的那張桌子旁。這是老闆娘，剛不久她還給我送來過一盤紅燜牛肉，一小盤麵包片，她先用抹布擦掉桌布上的麵包渣，直視著我的眼睛微微一笑，因爲她很有把握地認爲她已盡力而爲把那紅燜牛肉燒得最爲可口，她也一定認爲我會愛吃。……於是晚會主辦人從啤酒龍頭那邊將老闆也請了過來。盧德瓦先生挽著女招待的腰，接過她手中那一托盤啤酒，放到桌子上，然後領著她走到台上，那兒坐著老闆和他太太……樂隊奏起了銅號短樂曲。博士悄聲對我說：「在利本尼的所有飯店都這樣，夫婦倆不能在一塊兒工作，雖然都能在餐館幹活，但各在一間不同的餐館。」

晚會主持人給這對老夫婦獻了花。他們擁抱了一下，老闆娘哭了。那個女招待，大概是她的女兒，沒拿花，她怕耽誤時間，啤酒泡沫會消失一空，便連忙回到托盤那兒，將它舉到頭上，四處分送啤酒去了。隨後主持人講了幾句話。

我踮著滿是塵土的鞋尖，望著這對布熱冉卡夏日飯店昔日的主人，他們流著淚，苦笑著，眼睛望著地面，接受著一隻隻伸向他們的手和吻，然後又流一回眼淚、擁抱，客人們輪流著與他們握手擁抱。剎那間，我看到了我自己。那一次在火車站上，我剛二十歲，爸爸簽了字，放棄對自己的木工廠的一切權利，放棄自己的一切財產，以便能得到一個讓他能和我媽媽、和我以及弟弟海尼一道離開這兒的許可證。我們站在車站上，開來一輛快車，我們都準備要上車了。隨後來了一個人民委員會的公務員，他拿出一張紙來說，只讓我的爸爸和媽媽到西德去，我和海尼必須留在這裡，因爲我們上的是捷克學校，是捷克斯洛伐克公民。……我父母坐著快車開走了，他們坐在窗口哭，我也哭著喊道：「紅十字會會把我們接到你們那裡去的，別怕！」可是，從此以後我再也沒見到爸爸，因爲他中風死了。……當我看到這對上了年紀的老闆夫婦不得不離開他們在布熱冉卡的飯店，如今只能跟大家告別，從此客人們將再也見不到他們時，我想到的是這些。樂師們現在分成兩部分：一部分留在老栗子樹下，另一組拿著小號的人穿過公路，閃亮的樂器在公路那邊的一條往上通向洋槐林子的小路上閃閃發光。所有的客人都很激動，連老闆夫婦也站了起來。如今最隆重的時刻將要來到，整個晚會即將結束。連留在花園飯店的這一部分，望著公路那邊小山坡上的洋槐林子、手指按在樂器上的樂師們也都安靜下來。只聽得公路上傳來的汽車行駛聲，拿著小號朝洋槐林子那邊駛去的樂師們，開始吹奏一曲憂傷的歌「小姑娘送給我一個金戒指……」這時，公路那邊的山坡又加進了一些剛才已經出列的樂師，他們也在吹奏著小號，這邊停止，那邊便開始，像這邊喊話那邊答。音樂穿過公路傳到飯店，客人們聽得十分感動，甚至比這些用音樂來對話的樂師，比今晚最後一次爲客人服務的老闆夫婦都更爲感動。

老闆娘走到我的桌子前面，撫摸著我的手，凝視著我的眼睛問我說：「吃好了嗎？」

客人們站起身來，臉朝著公路的那一邊舉杯爲隱沒在槐樹蔭裡的樂師乾杯，高唱著「我爲她獻出了心……」

10

今天，我比平日早些離開了日什科夫住處。我那位大媽不願理我了。昨天夜裡把我責備了一頓。說我應該對她有更多地感激，說她爲我做了多少多少事，說我黑著住在她這裡，幹活也是黑著幹，說最主要的是當我有點空閒的時間也不待在家裡，很晚才回家；說我有些變了，越來越神氣了，已經不去聽她對我嘮叨些什麼，兩眼瞪著天花板，還面帶笑容，眞像我已經有了長期居留證，有了官方認可的在巴黎飯店工作的權利……

於是我進城去了。當我來到博士工作的所在地焦街10號門前，只走進通道幾米遠，便聞到一股廢紙的臭味和潮氣，牆面剝落，大塊灰泥往下掉，大概是因爲汽車開進開出震動的緣故。在院子裡我看到了亮著的燈泡底下有一大堆廢紙，那兒有兩個敞著門的車庫，車庫裡亮著燈，磅秤放在屋裡，磅秤上方也吊著一個亮著的電燈泡。小學生們站在齊腰的廢紙堆裡，將一筐筐廢紙或塑膠袋倒到裡面。如今有兩個茨岡女人走進了通道，她們走路搖搖擺擺，手裡提著一包紙蓋和踩扁了的紙盒子之類的東西，滿得都露到了包裝外邊。我連忙退到牆邊，往後還摔了一跤，我的心撲通跳了一下，我一直退到聖三位一體教堂的達德阿舍克聖人雕像下，這才穩住了神，安下心來。我低頭打量了一下釘了綠扣子的漂亮衣裙，又健步邁了出去，總算增加了點勇氣，這雙紅高跟鞋總是讓我有自信，我撐開陽傘，將它舉在手裡，果斷地走出教堂，一轉彎又進到了通道，一直走到敞開的大門那裡。我從那裡望見了一片荒涼景象：這可怕的一堆，這堆來自各類商店的五顏六色的廢紙；我還看到那兒有一輛汽車，正在往後退。一名鬈髮的男人背上輕鬆地背著好幾包壓緊的紙，轉過身來。卸貨工取下這些紙包，用膝蓋頂著往外倒，將一個個紙包掏乾淨。一個戴著貝雷帽的男人穿過院子，這是個修著短鬍鬚的胖子，像受罪似的邁著步……我感到恐懼，不禁又一次跑了出去，遇上好幾輛兒童推車。我重又回到達德阿舍克聖人雕像這裡……有好幾個婦女站在這兒，望著這位聖人岩石雕成的臉。據說他有一種特殊的本領，只要經他在天上這麼一說情，通常發生不了的事情也就可能發生……我走到供下跪用的蒲團那兒，我周圍和身後都有人在走來走去，我卻開始了祈禱：「聖人啊，替我說說情吧！讓我現在能找到勇氣進到這個院子裡去。有一個我喜歡的人在那裡幹活，我只想去看看他。聖人啊，請你立即給我這種勇氣，讓我能走進去，並且表現得跟沒進去一樣自然，別像我現在這副嚇得要死的模樣。聖人啊，我只想去說一會兒話，只是去看上一眼，看看我想念的那個男人怎樣在那裡工作的……」

有個東西扎了一下我的後腦勺。回頭一看，原來是博士站在這兒，他望著我，手裡提著一個罐子，裡面的啤酒泡沫直往外冒。他胳肢窩下面夾著一個採購提袋，袋裡一張油乎乎的大紙包裡面微微冒著熱氣。他穿著一雙破鞋、一條牛仔褲和一件破襯衫，圍著一塊長圍裙，頭上的帽子推到了額後。

「眞碰巧！快進來，到我們這兒看看吧！」

他大著嗓門兒喊著，微笑著，又補充了一句說：

「您知道什麼叫碰巧嗎？這是聖靈的另一個名字……當然，連擲骰子也免不了碰巧。來吧，只管來吧！讓您參加一下我這美好的職業。」說著往前跨了一步，將採購包遞給了我：「小心！可別把您漂亮、合身的衣服弄髒了！」

他回過頭來，又微笑了一下。他對自己、對他這條圍裙和帽子是如此地自信、驕傲。他回頭看了我一眼，便走進了通道。他總是這樣既不勉強，但又讓你沒法不跟他走。他又回過頭來看看我，便又走進了院子。那個有頂棚的院子的牆上有一條大縫，白天的亮光和一點點空氣都通過這條縫進到堆著廢紙包的院子裡。博士把一罐啤酒放下。司機微弓著背在休息，他靠在一個紙包上，滴著汗水的一撮鬈髮垂在額頭上。裝卸工將一根粗繩甩到裝紙包的汽車的另一邊，用腳頂著紙包，勒緊繩索，然後打了個結，又將繩索在紙包上繞了一圈，再打上一個水手結，拉緊了。現在他靠在紙包上休息，滿臉通紅，不是因爲疲累，似乎是在兒時燙傷了臉，或者得了某種紅臉的病……

「小伙子們，這是我的女朋友。」

他從我這兒拿走提包，在另一個紙包上攤開那還在冒著熱氣、已經切成一片片的烤肉卷。

他讓我吃，我拿了一片。後來司機也拿了一片，裝卸工也吃了。大家都站在那兒吃，狼吞虎嚥，一聲不響地埋頭吃，吃了一片又來一片，烤肉卷幾乎沒有剩下，肯定有兩公斤之多。

「主任，你也來吃點兒吧！」博士含著滿嘴東西說，「這，是我的女朋友，她是來看望捷克斯洛伐克旅行社前社長的，你這位前社長每年要飛上五十次，如今一飛飛到廢紙回收站來了，還算運氣好，當了個主任。」

主任摘下帽子，朝我鞠了個躬，抓起一塊烤肉卷來吃。

「糟糕得很哪，夫人，」主任說，「他們把我的一切，連采列特納街上卡夫卡曾經住過的那棟樓房都拿走了，要我從這棟房子裡搬了出來，可我還一直是它的主人。我原來住著的三樓上，如今住著一個什麼畫家，二樓上住著一個吃素的女人。這倒好，把我的房子拿走了，卻讓我當這房子的主人，一個沒有住宅的房東。如今請您想像一下這蠻不講理的事兒：他們把我叫到房管委員會，對我說：『喂，快要舉行全運會了，遊行隊伍要打您的房子那兒過，打您的采列特納3號門前過。您最好是將您這棟3號樓房的正面牆修一修、補一補、粉刷粉刷。』我說：『這個主意不錯啊！你們動手吧！』而他們，無理至極，說：『這可不是我們的房子，您是屋主。』我開始尖叫起來：『房租又不歸我拿。我作爲房東將房租收上來交給了你們，到底誰是屋主？』他們說：『您呀！全運會的遊行隊伍將熱熱鬧鬧經過誰的樓房呀？經過您在采列特納街的3號樓房！我們將用您的費用將這房子打扮一番。』他們竟對我說了這麼一番話，還滿腔熱情哩！他們直奇怪我爲什麼不因爲全運會的遊行隊伍要從我的房子門前過而感到興奮，說要是用我的錢來給這座房子穿上節日盛裝，這對我是一種榮幸。」

主任嘴巴說著，手裡還一直拿著那塊熱烤肉卷。如今肉也涼了。他看著我，我知道，博士向主任談過我，主任根據他所談的，已經知道我們家也曾有過十三間房，我小時候有過一個保姆，我們家有過廚娘和司機。……主任對我鞠了個躬，將烤肉塞進嘴裡，頭向一邊歪著，憂傷地走過院子來到磅秤那兒，挪動了一下游標，看了一眼刻度，喊道：

「八公斤……請倒到那一堆上頭去吧！」

這三條漢子，肯定吃掉了一公斤烤肉，但卻老是覺得餓，老是吃得津津有味。我也吃了三塊，這味道的確妙不可言。這是那種普通的烤肉而不是高級烤肉，是那種兩克朗就可買一百克的極一般的烤肉。我看到這幫男人的手很髒，從早上起就這樣髒，就像一個星期沒洗過似的。博士說：「您一在這裡洗手，只要您一開始洗，您的手就會裂開，裂得流出血來。我們總要到下班以後才洗手。再說，您見過茨岡小孩嗎？簡直髒得要命，可是我從沒聽說茨岡小孩因爲髒而生病的。是不是這樣，沃拉夫卡先生，日夫尼先生？」

司機和裝卸工繼續在吃，看了我一眼，便轉到別處去了。大概因爲要是看著我，就會倒胃口，再吃不下去……現在他們拿著啤酒罐，一個接一個輪著喝，眼睛斜望著別處，大概他們要是一看我，就會嗆得咳起來，沒法往下喝了……

「就是這麼一回事。」博士說，「對不起！」

說著他把頭偏向一邊，將食指關節按著一個鼻孔，將鼻涕擤到廢紙堆裡，然後換了一個鼻孔又這樣擤著，擤完用袖子擦了擦鼻子，還心滿意足地說：「我有的是手帕！」

不管是裝卸工還是司機都笑得咳起來。博士接著說：「大夫們一旦有了孩子，等到這些孩子一認得字了，這些大夫就在浴室的鏡子上、廁所裡、廚房裡到處貼上字條讓孩子隨時注意：洗手！別染上猩紅熱！沖完便池之後要洗手！以免得霍亂病、得白喉病！每天要漱口！每天要洗澡！清潔就是健康的一半！……到頭來這種大夫的孩子不是患白喉，就是出麻疹，得猩紅熱，得霍亂！」

一個穿工作褲的人走進了院子。鼻子有點兒彎，戴頂禮帽，走起路來像腳板扎了根刺似的，一隻手插在口袋裡，另一隻手很不滿意地揮了一下。主任站在磅秤旁埋怨了幾句：「漢嘉，我的上帝，你得注意著點兒，你瞧瞧這可怕的一大堆！亨利赫㉕！」

可是漢嘉還是我行我素，揮了一下手，忙自己的事去了。

「亨利赫，」博士說著請他吃那漸漸涼了下來的烤肉，「從這兒拿吧！吃飽些！」可是這個又叫漢嘉、又名亨利赫、又叫英達拉的人站到我面前，鼻子有點兒彎，嘴巴周圍一圈黃毛，彷彿剛吃過水煮蛋的蛋黃……「我一吃飽，我的腦子便充血，思想就不靈了……可是，博士，這是怎麼回事？」

他指了一下我。

「這是我的女朋友。」博士說。

「我的上帝啊！那我們得歡迎一下了！這可是好事啊！這麼說，您是……這個人的女朋友？」他還指著我，問了一句。

我點了點頭。司機和裝卸工已經慢悠悠地朝卡車那兒走去。他們向我點頭示意，算是告別。司機上了車，裝卸工走進了通道，能模模糊糊地看到他在指揮卡車的輪廓，好讓它在通道裡能順順利利開出去。如今他的身影已在焦街的太陽底下閃爍著。日夫尼先

㉕亨利赫是漢嘉的正名，漢嘉、英達拉是他的小名、暱稱。

生朝四下裡看了看，點了點頭，卡車開出了通道口，這兒那兒總免不了碰幾下牆壁，但壓緊的紙包基本完好，卡車拐了彎，裝卸工開門跳進了駕駛室。漢嘉先生，也就是亨利赫抓著我的胳膊，我稍微閃開了一下，因爲他嘴裡散發出一股啤酒加乳酪的臭味，可是漢嘉先生卻銜著我的耳朵嚷道：「明天我給您帶來一些醃蘑菇，略表心意。不是什麼牛肝菌，淨是些樺菇和變形牛肝菌，還有醋浸泡的草菇。這是從莫辛采採來的。您知道這有名的莫辛采嗎？查理四世在查理城堡追趕一匹小馬，追到莫辛采的時候，牠竟變成了一匹大馬啦。博士，您知道我想起什麼來了嗎？實際上是他媽的那小子、查理四世㉖準備了胡斯起義㉗，那小子不僅修建了城市，還建了個查理城堡。博士，您該相信，一個

㉖查理四世（1316-1378），德意志帝國和波希米亞國王（一三四六——一三七八年在位），神聖羅馬帝國皇帝（一三五五年登基）。當時最博學的君主，在他的統治下，布拉格變爲神聖羅馬帝國的政治、經濟和文化中心，最後成爲神聖羅馬帝國的首都。

㉗胡斯（Jan Hus, 1373-1415），捷克宗教改革家，一四一一年羅馬帝國皇帝西克蒙特迫使教皇召開康斯坦茨會議，將胡斯判火刑燒死。追隨胡斯宗教改革的思想者們組成胡斯軍，多次擊敗十字軍討伐，經內部分裂與多次迫害，於一六二〇年被天主教擊敗。

國家裡要是沒有這麼大的財富來揮霍，哪會有什麼革命，哪會有什麼起義啊！？也不會有什麼理想。但是最重要的是這些普通人能有機會撈一把。他們每奪取一座城市便燒殺搶掠、強姦婦女。全是那查理四世準備了這些盛事。您知道那是什麼情況嗎？當他們不受懲罰地奪取了修道院時，便強姦修女，殺戮僧侶，還把修道院燒掉了，您知道嗎？這肯定讓人們痛快了一番……您知道，當一個普通平民百姓把德國騎士從馬背上拖下來，當他把這德國騎士的馬連同馬鞍繳獲過來，當他竟然能捅死一個貴族，您知道他有多高興嗎？因爲僅靠撈到的這套裝備、這鎧甲、這鞋子、這一切他就可以活到退休了。……可我要是活在那個時代，那麼我最喜愛的景象恐怕就得是著火的城市、焚燒的修道院、毀壞的教堂，這實際才是查理四世準備的我的一大快事。正是這個查理四世在查理城堡追趕一匹小馬，到了莫辛采就換成了大馬一匹。小姐，我要帶給您的醋醃蘑菇就是從那個莫辛采採來的。」

「求上帝開恩，漢嘉，你去幹點兒活吧！你快到地窖那兒幹活去吧！你瞧瞧這一大堆紙！」主任一邊訴苦，一邊跪了下來求他，「我已經給你計算好了，你每天如果能打十個包，我就心滿意足了。」

「不，」漢嘉不服氣地說，「我一天能打他二十包！您小看我了，主任，絕不止十個包。」他爭辯道。

「你每天只要能打十個包也就夠了。」主任堅持了一句，艱難地站起身來。因爲磅秤旁邊那些送來一袋袋紙的孩子們都在看著一個當領導的怎麼跪在自己的職工、一個工人面前……漢嘉嘟囔了一句，走上車庫旁的一個階梯，他回了一下頭，本想說點什麼，可是兩隻手又使勁一甩，表示說什麼也是多餘的。他先往上走，聽得見他的腳步聲，後來又下樓到地窖裡去了。直到這時，我才注意到在另一個車庫那邊有個老太太在踩紙，廢紙放在一個像棺材的木箱裡。她踩紙的時候，像在洗澡盆裡一樣兩手扶著木箱邊。出來的時候，先跨出一隻腳，然後再跨第二隻腳，站到這廢紙山麓下，兩手從頂到了天棚的紙堆裡抱了一些廢紙到木箱裡，然後仍舊先是一隻腳，接著第二隻腳跨進木箱繼續踩那廢紙。她整個腦袋包在一塊大頭巾裡，因爲連我都冷得發抖，院子裡的穿堂風大得連大紙堆都在晃動……

如今我見博士正從車庫裡的一堆廢紙斜面抽出幾本書，平裝的，將它們的封面和白紙頁扯下來放到木箱裡。他彎著腰，帽子朝上翻著，又鑽到木箱裡去了。幹活也不戴手套。我走進車庫，弄不明白這人爲什麼要做這個工作，甚至還那麼樂意，像是要露一手似的，也許他認爲在這廢紙回收站他是最頂尖的。如今他使勁伸直腰，看了我一會兒，我垂下了眼瞼。博士走到一個旁邊放了個大啤酒罐的紙包那兒，一手叉腰、一手端著啤酒罐便喝，喝了很長時間，等喝光了，拿著空罐子說：「在這個院子裡只有喝啤酒才能暖和點，喝茶根本不管用！」

然後他又因爲有個想法而高興起來了！「您看見那個女工嗎？那個疲憊不堪的女工？她的確貧病交加，只因爲她也從別墅裡被攆了出來。這座別墅甚至還有個花園，她男人曾經是克拉德諾電纜廠的廠長，被關起來了，他曾經擁有生產電纜的五十個專利權，如今監獄裡給了他一個工作間、一塊繪圖板。在牢房裡他又提出了一些合理化建議。而他太太現在在這裡打廢紙包，她活著只爲等著她丈夫被釋放出來，讓他們重新一塊住到瑪申卡太太如今住的那棟簡易房子裡去。

這位太太大概聽到了博士說的話，她抬起頭來，臉上有了點兒光彩，紮著頭巾的臉對我露出一絲微笑，一個老婦人孩子般的微笑。我向她鞠個躬，她也向我點點頭。我從未想到這個女人曾經有過別墅、廚娘、司機和花園。可能眞是這樣，從她的眼神裡可以看出來。她也馬上察覺到，我們倆在這方面都極爲類似。實際上我們所有在這院子裡的人都不在自己原來待著的地方。我們處在從來沒有想到過的境況之中，我們怎麼也沒想到過，會有如此下場。只有廢紙回收站主任，儘管他如今在給廢紙過磅，儘管他穿過院子去到他那間同樣堆滿了廢紙的辦公室，可他的頭還是微微偏到一邊，讓每個人老遠就能看到，他曾經是捷克斯洛伐克旅行社社長，他曾經住著采列特納街整座3號樓房，四層樓的房子，明年全運會的遊行隊伍還將打那兒經過……「一部溫柔而憂傷的啓示錄！」

博士說著精神又來了，「我們根據自己的經歷都能弄明白這些在文化上的革命，我們的有利之處在於我們的肉體沒有像那些書一樣被消滅掉。您只管到處看看，我一天打上十包、二十包。這是已經不合時宜的書了。在我們這個廢紙庫裡，還有『流產了的』，整個一大捆一大捆的書還沒被人讀過，所有這些書都遇上了死神，而我卻陰差陽錯地來到了這些書旁邊，而且還去把它們毀掉。這裡有一些廟會上流行的小調，也有一些已經沒有意思的東西，但有時也會有一些珍本，那些我便帶回家去，或者跟漢嘉先生一道將它們賣到舊書店，換個點心、啤酒錢。您知道，如今我們生活在一個爲過去而感到羞恥的時代，所以要千方百計抹掉這些痕跡，就像一個姑娘嫁給了另外一個人，要把原來戀人寫給她的美麗情書燒掉一樣。……而這就是我的工作，這都經過我的手……實際上，我該爲我的職業而付錢，因爲我總是如此看待自己：我是一個作家，有朝一日我一定要寫出這樣一本書來，是一部優美的啓示錄。只寫這樣一本，這裡面不僅是我親眼目睹的證據，而且將從事實中激發出詩來。」

「我該走啦！」我呼了一口氣說。

「等一等……這每天出現的大紙堆，對我來說是一幅巨大的達達派拼畫。施維特斯[28]這個漢諾威的德國人恐怕也會爲這美麗而暈眩。他自己整整一生用這些紙拼成許多令人頭暈目眩的、美麗的圖畫……而我如今就在這裡，我害怕往那兒看，有時我想禮拜六禮拜天我想留在這裡，一本接一本地謄抄這個堆裡的書，可是我沒有這力量這勇氣和這股狂妄勁。這種抄寫也非得有股狂妄勁不可。」

「我得走啦！」我呼了一口氣說。

「再待一會兒！再待一會兒！您待在我這兒，便激發起我的思緒……直到現在我才明白爲什麼我在克拉德諾會無比地激動。我在那裡做了四年，在那一堆堆曾經過期的報廢工具、機器和雜物旁邊，簡直像是在一座山麓腳下，我和屠夫盧德瓦將它們運到加料槽裡，所有這一車車的原料消失在鋼爐裡熔化掉，就像這裡這一包包廢紙進到攪拌機裡，使它重新造紙印成新書、新廣告、新包裝紙一樣。這些廢鋼爛鐵和生鐵在鋼爐裡煉成鋼錠，鋼錠再變成鋼塊，鋼塊再變成通過工廠製成新機器、新設備的鋼材。」

「我眞的該走了……」我跨出了一步。

「再待一會兒，直到這一刹那我才明白，爲什麼我去推銷那些服飾用品、那些玩具，

㉘施維特斯（Kurt Schvitters, 1887-1948），德國達達派美術家和詩人。以擅長抽象派的拼貼畫和雕塑品而聞名。

從天使的頭髮到仙女棒，從地板刷到睫毛鉗等等，這些糟糕的貨物，好幾年我拖著兩口箱子，提著這兩箱亂七八糟的東西到所有雜貨店、玩具店去，手裡拿著這些東西向店鋪老板們宣傳介紹，讓他們買這些東西，如付現金則打五折……我為什麼一天二十次地打開這兩口箱子，為這些老板當面示範呢？為什麼我在旅館裡也打開這些裝著沒貼價錢標籤的樣品箱呢？因為這些破爛小物總讓我激動，就像鋼鐵廠的那些廢銅爛鐵曾讓我激動，這裡這些廢紙讓我激動一樣……您跟我來！」

博士將手伸給我，領我沿著樓梯往上走，就像剛才漢嘉先生，也就是亨利赫、英達拉上樓一樣。我們走到一條走廊上，然後博士又帶我往下走到深深的暗黑地窖裡。我緊緊抓著他的指頭，他的手讓我覺得頗舒服，我甚至輕輕地捏著他的手，他也捏著我的手。在機器轟隆響著的那下面，我閉上了眼睛，博士吻了我，久久地親吻我，唯一的一個長長的吻……

門開了，在電燈泡的光亮下站著亨利赫，這漢嘉，他向我們鞠了一躬。

「上帝保佑你們，善良的人們！」他說。

博士領著我進了地窖，這裡擺著一排排擠壓得很緊的紙包，那兒有座縱向的壓力機，壓力機前面的紙堆已經頂著了天花板，天花板上方有個已被堵塞掉的通向院子的方孔。可是這紙山卻已高到靠院子的天花板上的電燈泡那兒。廢紙堆裡小老鼠成群。這些紙都噴上了水，溼答答的，有股難聞的臭味。

漢嘉先生站在那裡，全身被汗水浸透，帽子扔在紙包上，有隻老鼠在上面蹦蹦跳跳。漢嘉先生的汗水從鼻子尖、下巴上滴下來，他望著地面，舉起一隻手說：「我的一些念頭只有在醉酒後的難受時刻才冒出來，通常在每天上午的十一點前後，然後就是在幹著重活的時候。實際上所有的戰爭和戰役，所有的革命，對人們來說是千載難逢的事件！這種事件我們在一九四五年經歷過了！革命、革命，這也叫革命，主要牽涉到財產和手無寸鐵的人們。什麼時候發生過這樣的事：一個普通老百姓可以爲所欲爲到德國人房子裡去拿東西？從他們的牲口棚裡想牽走什麼就牽走什麼？從所有德國公司在布拉格、伊赫拉瓦和布爾諾的倉庫裡想拿什麼就拿什麼？一下子沒有了天使，沒有了穿著民族服裝的德國女人，沒有了療養院的漂亮護士，統統貢獻給了這一具有歷史意義的瞬間，最後的一個德國人撤走，然後可就慘了那些被制服者！人們認爲誰是通敵份子，便可以不受懲罰地將他宰了，博斯㉙的地獄和布萊烏凱爾那些謀殺新生兒的畫面又復活了，因爲德

㉙博斯（Hiëronymus Bosch，約 1450-1516 年），尼德蘭中世紀晚期重要畫家。

國人也曾欺凌過我們和其他民族，因此都在復仇的名義下進行，但一切又是以一種偶然事件的形式。因爲對人來說，沒有比被激怒起來，以偉大的歷史的名義幹惡事更美的了。……當一個人依著他的激情想到什麼就可以幹什麼，當誰也不去過問上蒼，你可以睜眼看著德國貴族和資本家的莊園和舊傢俱在燃燒，當你可以成爲火與血以及被允許的淫蕩行爲這部甜美啓示錄的創造者，這是多麼地美好啊！」

漢嘉發著宏論，微笑著，他的禿頂光芒四射，他覺得他的頭上圍著一圈光環，我沒法離開，因爲漢嘉所說，我都經歷過。博士像一具蠟像一樣愣著不動，漢嘉在繼續他的談話：「就像帝國跨進蘇聯邊境時，擺在他們面前的是火、火焰、殘骸、燃燒著的城市和鄉村、數百萬屍體；等到時運一翻過來，紅軍面前便是戰敗者的廢墟殘骸，當紅軍跨過邊境進到普魯士和西里西亞時，擺在紅軍面前的、擺在他們每一個活著的士兵面前的是另一幅圖景。他們享受著敵人被殲滅的快樂，德國城市與燃燒著的村莊的殘骸越多，在通向柏林路上的屍體越多，歷史便更明顯地證明，誰是勝利者，誰更棒……而最後一件盛事是攻克柏林，這個冒著煙的城市沒有留下一棟房子，我真希望當時在場看著那士兵怎樣爬到帝國國會樓頂將那面紅旗插到上面……然後就是『烏拉！』聲，再後是敞開被奪取的所有德國房子的門，所有酒廠、所有臥室、所有地窖，然後便只有報復，不是以牙還牙，以眼還眼，而是以整個顎骨來還一顆牙，以一雙眼睛來還一隻眼睛……您知道這一切都是誰的過錯嗎？」

漢嘉快樂地問道。

「誰？那個混蛋小子查理四世，他建起了德國的富裕城市、豪華修道院，這個王八蛋小子不僅準備了胡斯革命，而且準備了這個第二次世界大戰。因爲德國國會㉚使舊帝國也垮掉了，查理四世還在裡面當過德國皇帝、羅馬皇帝，他的帝國直到現在多虧紅軍才垮台……嗨嗨嗨，黑格爾寫到查理四世時，說他是封建主，是王位上最後一位宇宙神教信徒㉛。把希特勒與這個帝國等同起來了……如今博士以爲，我的暈酒勁兒已經過去，我現在說點快活的事。」漢嘉先生將身體重心換到另一條腿上，撐腰和撐廢紙包的手也調換了一下，笑了笑說：「戰後一個月的時候，已經是一片歡聲笑語，我住著的那地方櫻桃也熟了。來了一群紅軍士兵想吃櫻桃，就像在戰爭中習慣的那樣，他們撞倒了籬笆，折斷了所有樹枝，又吃又笑的好不快活……主人來了，他是位畫家，正扛著一架梯子

㉚指希特勒製造所謂「國會縱火案」挑起戰爭。

㉛此處原爲德文。

走過來，向他們解釋說他費了多大的工夫才把這棵櫻桃樹培植出來，他對他們講俄語，還往沙土上畫給他們看這棵樹是怎麼長大的。士兵們沒有再吃下去，幾乎哭了起來，他們罵自己是畜生，竟然忍心摧殘這麼漂亮的一棵樹。……可是畫家教授又安慰他們說，已經毀壞的沒法彌補了，說這裡有架梯子，你們爬上去想摘多少就摘多少吧！還讓他們明天再來。……而他們，在離開之前對畫家許諾說，他們將重重地報答他。後來好久沒有來，直到兩個星期之後，跑來了他們中間的一個，笑容滿面的。畫家正在院子裡，這士兵將一張報紙包著的東西給了他，笑了笑就騎馬走了。……畫家在太陽下打開那報紙包的小紙包，裡面是幾對沾了一點兒血跡的耳環，大概是從某些個女人的耳朵上硬扯下來的。這簡直是一筆財富。因爲一共有六對。」

漢嘉輕聲地說完了，博士站在他面前，漢嘉嘴巴邊的一圈鬍鬚上黏著一些小小的麵包渣，博士無緣無故撿起那些碎渣吃掉了……

我噁心得想吐，說：「我眞的該走了……」

11

整整一個星期，莉莎每天打電話到我上班的地方，要我寬宏大量別不理她。她說他們星期六星期天要到莫拉維亞去掃墓，請我去他們家，因爲有一條名叫波比的公狗在他們家已經兩個星期了。牠的母狗太太們都留在奧地利某個地方，再也不會回來了，她說人家把波比送給他們養，別無他法，因爲莉莎喜歡狗，而這條狗又那麼可愛，連博士都愛上了牠，帶著牠上飯店……莉莎請我住到他們家去，求我行行好，只需帶著牠遛一遛，餵牠吃飽就行……

於是我便來到了利本尼。我一大早就去了，很準時，我的確看到一條從未見到過的漂亮狗兒，我們立即成了朋友，我甚至爲莉莎求我到這兒來感到高興。莉莎和烏利提了大包小包往汽車上裝。我有一點兒愣住了，他們別不是預先約好了到維也納去，搞不好會在那兒留下來，讓我跟這波比留在這兒？……末了，還是與我告別走了。波比在路燈下站了一會兒，當我蹲到牠跟前時，牠舔了舔我，叫了幾聲，跑進了通道。貝朗諾娃太太又在用水桶打水澆地板，她撫摸了一下波比說：「這是一條很漂亮的狗，是吧？」斯拉維切克先生從那邊樓梯上走下來，手裡牽著一個膽怯的小男孩，後面跟著一個小女孩。他們對我微笑著打了個招呼，還撫摸了一下波比。等他們走到院子裡，貝朗諾娃太太往這三人腳下潑了三桶水，他們順勢跳過去勉強躲開了。那位仍舊穿著粉紅短褲和戴著同樣顏色胸罩的愛乾淨的太太嘟噥了一句：「你們就不能注意著點兒嗎？」

波比跑進院子後，逕自往洗衣房奔去，在那裡歡叫了一陣。博士光著上身從洗衣房走了出來，手裡抓著一塊毛巾擋在胸前，波比衝著他一個勁兒地叫著，博士彎下腰去，閉上眼睛，因爲波比正在跟他親熱，舔著他。博士一看到我，不禁一驚，捏在手裡的毛巾差點掉下來。坐在外廊上那半截牆圍著的廁所裡的斯拉維切克太太探出上身和頭來說：「博士，您怎麼一點兒也不知道害臊？我的孩子剛不久還從這兒過哩！」

博士辯解說：「我沒全裸著，太太。我知道什麼合適什麼不合適，這個教養我還是有的。」然後轉過臉來悄聲對我說，「您得留在這兒照看這條狗，他們給了您鑰匙，是吧？」

「給了。莉莎是我的朋友，您不是也有他們家的鑰匙嗎？您不是五年來每天晚上都上他們家去，也是他們的朋友嗎？難道不是？」

「是，我喜歡莉莎，還是原來那個樣子。可是烏利跟我的關係剛走得近一點兒。……他曾經穿著斯拉夫民族服裝、披著服飾緞帶，參加民間騎馬節。他向來連一個德文字也不會，如今對他來說，德國人就好像高於一切㉜……不過，我要去游泳了，但不是去伏爾塔瓦河，而是去易北河。您跟我一塊兒去好嗎？」

「我得照看這狗呀！」我說。

「讓貝朗諾娃太太代看一下吧，她愛牠愛得不行。您先帶牠去遛一遛，我去穿衣服，刮鬍子……您上去吧。牠的繩圈掛在那兒。」

「哪兒？」我問。

「您到那裡自然就會知道，別擔心！」

斯拉維切克太太從樓上廁所裡起身，大搖大擺走出來，穿上那條溫貝爾式的大褲子，解下裙子，對我微微一笑，而對博士齜牙咧嘴地嘰哩咕嚕埋怨了幾句什麼，砰地一聲把房門關上。

我使勁用膝蓋頂著去開旋轉樓梯口的門，到第三下才打開，迎面吹來一股充滿黴臭潮溼味的涼風，波比朝下跑去，正在對貝朗諾娃太太述說些什麼。太太撫摸著牠，對牠

㉜「高於一切」原爲德語。

輕聲說了些充滿愛意的話。我走進外廊，然後走進莉莎的房裡。波比跑過來，對著掛在牆上的紅頸圈和紅繩索直蹦直汪汪叫。我放下自己的手提包，這一瞬間我臉紅了，因爲我事先已經猜測到會跟博士到某個地方去游泳，我不僅帶了抹了豬油的麵包片，還帶了兩包炸豬排和烤肉，尤其讓我感到臉紅的是，在我的手提包裡還有一瓶啤酒。當我彎下腰來給波比上那漂亮的頸圈時，我熱得只好用手臂來擦額頭上的汗珠。因爲我已經意識到，不僅博士，而且這座樓裡所有的人都知道，莉莎和烏利之所以要離開這兒，目的只是讓我能住在這兒，照看和餵養波比，甚至莉莎只是爲了能讓我而不是任何其他人，讓我和博士在他們不在家裡，到莫拉維亞掃墓的這兩天裡照看這條狗，她才借了波比來。波比抬起頭，友好地叫了幾聲，跑到外廊上，又跑回來，等我也來到外廊時，牠便匆匆跑下樓梯，又跑上來，蹦跳著，表示牠看到我要帶牠出去，有多麼高興。我鎖上門，只見波比已在下面舔著親著那位愛乾淨的太太……「我說啊，」那位太太說，「我說這條狗眞美，喂，待會我替你們照看這條狗吧，免得牠在外面萬一跑丟了……我這裡還給博士留了兩小平底鍋的食物。我的上帝，讓他吃了吧，要不然波比就要把它吃光了，對吧，小波比？我在漢堡當了二十年女招待，那時候我也有過這麼一條狗……」接著又將已經裝滿的一桶水潑在石板地上，用稻稈掃帚將水掃進下水道。

我穿著高跟鞋跨過這個大水窪，波比等在對面通道上汪汪直叫，牠轉過臉來對著我，又對著門把叫起來。當我小心地打開門，波比跑出通道叫了幾聲，我給牠套上紅頸圈繩索，牠在我前面碎步小跑著，昂著小腦袋，很得意；我驕傲地牽著牠，因爲牠有著一套漂亮的紅頸索，跟我的紅高跟鞋、紅傘一樣，我笑了笑，不禁流下了眼淚。我又不知不覺回想起了過去，我們家也養過幾條狗，爸爸爲他的狗感到驕傲，我之所以常常帶著牠們出去溜達，是因爲爸爸很愛這些狗，牠們跟波比一樣是純種狗。波比的主人跑到西方去了，他們將牠留在這裡，爲的是讓我牽著牠到堤壩巷去散步，讓人們都回頭看牠，又一次證明我們的穿戴是多麼相配。我高興地跳起來，來了三步波爾卡，波比按著我的節拍叫了幾聲，甚至有位老太太停下步來對我說：「我們也有過這麼一條狗。牠死的時候，我們哭得好傷心啊！我們那條可愛的狗死了，是英國種，專抓水獺的。牠的性格可好哩，要是哪隻強壯的水獺先抓住了牠，把牠往水裡拖時，我們的狗就一直搖著尾巴，直到水獺將牠淹到水裡。年輕的太太，沒錯，是淹沒到水裡。」老太太點著頭，我對她微笑著，也點了點頭。然後便橫過魯德米納街道。於是我和波比來到鐵路那兒，朝鐵路欄路杆那兒走去，再往前便到了那條上午很熱鬧的赫拉夫尼街。我健步而行，波比在我身旁碎步碎步趕著。波比的紅索套和我的紅鞋竟使行人跳到人行道邊沿讓道給我們，凡是與我們擦肩而過的人都要回過頭來看看我們，而我卻裝成一副心事重重的表情，好像在考慮非常嚴肅的事情。我走路的那副架勢，彷彿不只是在漫步，而且還有雪糕般的波比或者巴黎的奶油蛋糕。從「泉源」洋貨鋪走出一個年輕姑娘，臉蛋兒像木偶，濃妝豔抹得跟馬戲團小丑一樣。這姑娘先看了波比一眼，然後又瞧了我一下，見她撫摸著波比，我便說：「這是一條英國種的狗，這種狗在那裡是捕捉水獺的，牠有著好脾氣，當……」

可是，這個有著一張木偶臉的女孩卻對我扮了個怪相，大聲笑著說：「請您告訴博士，我奶奶，也就是他的房東給他帶個口信，博士已經欠了半年房租！三百克朗㉝。」

我說：「您幹嘛要對我說？您爲什麼不親自去對博士說？什麼三百克朗！」

我聳了一下肩膀，臉都紅了。我領著波比繼續走過赫拉夫尼街，我們倆仍然是大家注意的中心。我一邊走著一邊想著那個有木偶臉的女孩，爲什麼要在大街上來這麼一招？她本來可以在24號裡面對我說呀！難道是我欠了房租？是我還是博士？這一剎那我想起了莉莎那間小房，裡面有張床，那裡有扇門，關著的門，門那邊就住著烏利的姑姑，她的孫女兒常上她那裡去，剛才那個女孩就是她的孫女兒。我看到了那扇門，莉莎的床就擋在那裡。今天我看到那張床，不禁臉紅了，因爲這張床今天早上就鋪好了，這倒沒

㉝「三百克朗」幾個字原爲德文。

關係，但這張床早上換了乾淨床單，不過也不要緊：可是在鋪好的乾淨被子上面放了一套乾淨的維也納睡衣，是爲我準備的。這一下我的臉紅得更厲害了，我跺了一下腳，把波比嚇了一跳。博士會怎樣想我呢？他也有這套房間的鑰匙。他有這房間的鑰匙，而我卻在這裡睡覺，在這裡爲我準備好了一切，連肥皂和乾淨毛巾都有。我心跳，血流速度加快得讓我不得不停下步來……簡直是個陷阱，讓我和博士在這裡睡覺，然後就萬事大吉了，因爲這一來我就變成那位老太太稱呼我的「年輕的太太」，我在堤壩巷就會有個住處，接著就可能有個長期的職業……但是，我要是不這樣做呢？我身上的另一個聲音問道。因爲我也有一點兒像我媽。她是個奧地利區林務主任的女兒，她不僅固執，而且不信邪，她能無緣無故將一切都擺到一邊不在乎，甚至還偏要反其道而行之。當她還是個小姑娘時，每天都上教堂去做祈禱，可是希特勒一來，她便坐車到維也納去一睹他的風采，從此把他當成她的上帝，直到一九四五年五月最後的一天爲止……難道我就沒有權利傾聽和按照我的另一個聲音去行事？這聲音對我說：對，讓一切該怎麼發生就怎麼發生，聽任我的命運吧！

波比已經到了大門口，牠在那兒蹲著，對著門把手汪汪叫，於是我們走了進去。波比直朝貝朗諾娃太太奔去。貝朗諾娃太太坐在椅子上讀著《星期六見！》而正好趕在星期六。波比將頭放在她的兩條大胖腿之間，高興地閉上了眼睛。我將牠的紅套索遞給貝朗諾娃太太說：「那好吧，謝謝您幫著照看一下，您說得對，我們肯定會把牠忘在什麼地方。」

愛乾淨的太太的厚片眼鏡滑到了鼻尖上，她用溼潤的眼睛望著我微笑著說：「可不能丟啊！」

博士從樓梯上走下來，他停下步，掏出小鏡子，照了照自己，用指頭整理了一下額頭上的頭髮。愛乾淨的太太和藹地說：「帥小伙子，還一直是個帥小伙子！」我立即跑到莉莎住家的樓上，打開門，經過她的小廚房走進小房間，沒錯！在靠著封死的門的那面粉刷得雪白的牆壁旁，擺著一張鋪好了乾淨寢具的床，對，我沒弄錯，一套維也納睡衣。我拿起手提包，當我走到外廊時，看見洗手台上掛著一塊乾淨毛巾，擺著沒有用過的新肥皂。我站在那兒，覺得好笑，聳一下肩膀，又有什麼辦法呢？一切都像在《被出賣的新嫁娘》㉞裡一樣，整個樓房、整個巴黎飯店，所有認識我的人都把我看成了一位快要結婚的新娘，憑什麼我自己就不能把自己看成一位新娘呢，特別是在博士每兩週舉行

㉞捷克著名音樂家史麥塔納（1824-1884）所創作的一部歌劇。

一次家庭聚會的這棟樓房裡……

等我關上門，我的紅高跟鞋喀嗒喀嗒踩著樓梯往下走時，波比的嘴巴還一直插在貝朗諾娃太太的兩腿之間，兩眼盯著她的眼睛，搖著尾巴，彷彿水底下有一隻比牠強壯的水獺在拉牠。我高興地看了博士一眼，他正在等待著我的目光，可是卻又立即垂下了眼瞼，現在輪到他臉紅了。我們就這樣站在大水窪中，不過上午的太陽很快就把它曬乾了。愛乾淨的太太貝朗諾娃看見博士臉紅了，歎了一口氣，擺了一下手……

於是我們並排走在堤壩巷裡，博士的頭髮梳得整整齊齊，他穿了件淺色開口毛衣，灰色長褲，走得比我快一點兒，甚至走到了我前頭，彷彿我們要去趕火車，可是他又總是等著我趕上他，於是我們又並排走一會兒，可是他突然又加快腳步，弄得我也拐了兩下腳，穿著高跟鞋，腳關節喀喀響了一下。「這個，」博士指著一個信箱說，「這可是一個出了名的信箱，我曾經看到它釘到牆上去的第一天，有個盲人從這兒經過，他按照平常習慣了的方式走，額頭撞在這個鐵皮郵箱的角上，頓時鮮血直流，後來他拿著他那根盲人棍，狠狠地抽了這信箱兩下。您在聽我說話嗎？您在看我嗎？我每次跟您走在一起時，您自己也聽到了看到了，我的話眞多，有理無理總說個沒完……大概因爲，您不怎麼講話，您只是忠實的聽眾……唉，那個烏利啊，那漢子，穿上斯拉夫民族服裝可眞叫帥，可他卻非常不喜歡猶太人，我說呀，他恨猶太人恨得也好比瞎了眼睛撞在郵箱上。

他曾打賭說德國人會贏，結果他們跟猶太人的位置來了個大調換，跟您自己知道的那樣。這個烏利啊！莉莎曾經是黨員，她被關進牢裡，不過結果總算還好。您該知道，德國人一到哪裡不僅把所有的猶太人而且將所有的共產黨人都抓起來，槍斃掉。……可是烏利卻在這裡，他姑姑這裡。她是我們的房東，我一直還欠著她的房租哩！在這樓裡的涼台上有過一隻大鳥籠子，裡面關著一隻名叫樂利奇卡的八哥，有一百三十歲了。是在維也納教育出來的，所以只會講德語，牠一早起來便自己說『樂利奇卡又美麗又乖巧！』㉟戰後一個月的時候，烏利寫好了一封信，樂利奇卡照常蹲在他的肩膀上。烏利出了門，拿著這封信朝這個郵箱走來，當他將信丟進郵箱裡之後，捶了幾下這鐵製郵箱，樂利奇卡便叫開了：『一、二、三！皇帝駕到！』㊱正逢中午，滿街是人，這時候，人們都聽到了這一德國口令，烏利嚇得跑到我們樓的通道上，還帶著那八哥樂利奇卡。唉，這烏利呀！要是個愛情故事也好啊！可是跟莉莎的婚禮又偏偏定在這個時候：海德里希被刺，四

㉟原爲德文。
㊱原爲德文。

萬多捷克人因此而以同意暗殺的罪名遭處決……而他，這個『雄鷹』體協會員非跟莉莎結婚不可，一定是因爲堅信帝國必勝的緣故，可是他連做夢也沒想到，帝國會被打敗。」

我聳了一下肩膀，直到現在我才認識到，實際上博士說得對。我還回憶起，在保護國時期，烏利和莉莎常坐在我們家，連那些軍人、黨衛軍人也坐在我們家，烏利一個德文字也不識，卻專心致志地聽著他們講話，莉莎輕聲地爲他翻譯，無論是那些軍人還是那些納粹黨人直到最後一刻都相信帝國必勝，因爲希特勒有秘密武器……

我們沿著鐵路線漫步。剛駛過一列火車，街上滿是蒸汽和褐色煙霧，我們站在一座二樓上有個長外廊的樓房前面。籬笆上披著被褥，一些胖女人正靠著欄杆站在那裡。我們等到蒸汽煙霧消退之後才繼續往前走。這座樓房下面有十扇門，樓上也是十扇門。所有住房都是通過這種在背面嵌著櫃子的門走進去的。所有窗戶和這些門都敞開著。老人們或坐在門前或靠在欄杆上，一個個表情莊重，就像在薩紮瓦河那一帶的人一樣，靠在高掛於閃閃發亮的河流上方的農舍外廊欄杆上。只不過如今這裡淨是煙霧吹到鐵路欄杆那邊，再從那裡刮到利本尼火車站，或者落到鐵路旁的灌木叢中。當煙霧飛揚或爬行於地面，我們仍舊站在這些住著奇怪居民的奇怪房子門前。他們仍然在望著鐵路，望著我們，仍舊笑嘻嘻的，彷彿一排正在觀看一場精彩好戲的觀眾，又好像熱特維街上的節日遊行隊伍的觀眾。

「這是工人宿舍，」博士說，「這裡曾經住著紡織廠工人，這些工人一直住在這兒，誰若死了，便沒人再想住進去，搬進這些空房裡去的人只有……咱們到院子裡去瞧瞧吧，還有時間。」

博士拐進了一扇拱門，這扇門已經破爛不堪。我們來到庭院裡，庭院裡有一排房子，更加破爛，涼亭靠柱子和方樑支撐著，牆壁灰泥剝落得很難看，然而坐在它們門前椅子上的人們卻穿著週末盛裝，在陰涼下面望著太陽，望著那座漆成紅色的水泵，望著院子對面的那一排板棚，有十來間用板條釘成的一模一樣的小板棚，這些板棚也敞著門，裡面有些小木工台，神情專注的老人們在鼓搗個什麼，又是銼又是磨的，在裝配某個東西。而在水泵旁的青草地上有些茨岡孩子在玩耍，他們的服裝五顏六色，這些孩子在陽光照耀下寶石般地閃爍著光芒，直到在這裡我才注意到所有的茨岡孩子都有著很漂亮的頭髮、眼睛和臉蛋，他們不管穿什麼都好看，儘管幾乎每個小孩的鼻子底下都掛著「麵條」……

後來我們來到熱特維街上。沿著鐵路線走的時候，博士老愛走到我前面去，他快得讓我追不上他，到後來我有意放慢了步伐，好讓博士轉過身來等等我，直到我及上他，或者他又走回到我身邊。他一走到我前頭，我便看到他的兩條彎腿，像足球運動員那樣。他一轉過身來，便猜到我在打量他什麼，他顯得有點兒不好意思，便說：「這兩條腿還勉強過得去，更讓我傷腦筋的是我老掉頭髮。三十歲以前我的頭髮濃密得幾乎沒法梳理。我不得不倒些油在頭髮上，以便於梳理，而且用的是根刷。我的頭髮曾經是栗色的，額頭上那一撮還捲著波浪……這麼美麗的開始，卻落得個現在這樣的結果。」

「每個人都該是什麼樣就是什麼樣。」我說。

我們走過緊靠著鐵道欄道木的那條大道，大道旁邊便是火車站、石灰和水泥倉庫。陽光下的石灰像春雪般瑩白。

我們走進了緊鄰著煤倉、煤塊和褐煤堆旁的火車站。博士買了票，我們便站在站台上等候。透過敞開的辦公室門可以看到桌上擺著的電訊器材，裡面機器隆隆作響的大櫃子。車站值班員跑出來，放下站內閉塞杠，然後立在站台上，旅客們湧到站台邊。火車進站了，蒸汽機頭，煙霧滾滾，輕輕落到旅客身上。等火車停止時，看得出來裡面擠得水泄不通，旅客們站到了車廂通道上，他們擠得連手都垂到小窗口外了。一會兒，從火車上擠出兩個女列車員，利本尼車站上的乘客一擁而上，推著擠著上火車。只聽得整列火車裡都在叫嚷著：「快進到單間裡去！」

博士登上火車的階梯，可只上了一級便擠不進去了。他喊了一聲：「請打開廁所門！」這樣我總算上了火車，上了這列旅行特快車，緊靠著博士站在廁所裡。窗子還是關著的。我害怕看那骯髒的便池，小窗還開著……博士緊挨著我站著，兩手撐著小窗，我的臉對著他，他摟著我，我們就這樣去郊遊了。我不知道去哪兒，只知道和博士靠得很近，像跳舞時那樣。我將手抬起來，肘彎掛著我的小提包，手掌擱在博士的鎖骨上，於是我們的臉也靠在一起了。火車一開動，我看見它的滾滾煙霧撒在鐵路欄路杆兩旁大道中的人流上，漸漸地這大道便在煙霧中消失。火車艱難地開動著，蒸汽放得更多，呼呼響遍調車場。這蒸汽加重了降落的煙霧氣味。我雙手抓著博士，在這煙塵和蒸汽中天色漸漸變暗，我們彷彿駛進了維爾士東站……然後是信號機打出信號，煙霧升起，從小窗口可以看到那工人宿舍的外廊，老太太靠在被褥上，好奇地看著我們的火車。有的坐在欄杆旁，兩手搭掛在欄杆上，彷彿已經脫離了他們的軀體。……隨後火車徐徐開動，已經能看得見利本尼靠鐵路沿線的街道，大門敞開的納魯什古小飯館，然後是地道。隨後火車越開越快，我從來沒見過利本尼周圍這麼多美麗的小山坡，山坡上、果林中、灌木叢裡到處露出一座座小別墅屋頂，到處都是人，閃現著他們五彩繽紛的內衣、汗衫，不時還能見到躺椅，人們穿著游泳衣、運動短褲和日光浴衣在曬太陽……

「這叫小樹林。」博士對著我的耳朵輕聲說。

「是嗎？」我抬起眼睛，靠得那麼近地看著他剃得乾乾淨淨的下巴，感覺到了他的呼吸。

「而這裡名叫科德拉斯卡……現在我們要經過羅基特卡，」博士對我耳語說，嘴唇貼在我的耳垂上。我們不得已被擠進這個可怕的廁所裡，鐵軌上的風從便池的活門口吹了進來。這眞夠美的！隨後火車駛過煤氣庫，煤氣庫後面延伸著山脈和懸崖，緊靠鐵路旁的山坡上有條小路，走在這條小路上的人們和孩子們一道停下腳步，他們都穿著節日盛裝，瞧著我們這列超載火車。火車各小台階上站著一位列車員，手扶鐵柵欄。火車進站了，那兒又有好幾十位旅客在等著。火車一停，照樣響起一陣喊叫聲，列車員逐個車廂地跑著，催促旅客進到單間裡去，說否則的話火車只能老停在這維索昌尼了。……可是乘客們是去郊遊的，天氣又那麼好，整個車廂洋溢著歡快的叫喊聲，整個車廂擠滿了彩色襯衫、運動汗衫、手提包。我突然愣住了，心想要是有人想上廁所，萬一有人肚子不好要拉肚子怎麼辦？那不將是我幸福的終結嗎？本來廁所裡只有我和博士兩人啊！頂多可以再容下半個人，但也只是有人將一條腿站在裡面，手抓著廁所門而已。火車又開動了，一抽一抽地慢慢開動了，晃動得使我們彼此擠得更緊。我摟著博士，我的腿和肚子都碰著他了。他也跟我一樣。我們互相抓著手、抓著胳膊，彷彿在跳波爾卡或華爾滋。從窗口我們看到火車正在白樺樹林中穿行，林中草地上、毯子上躺著年輕的媽媽帶著孩子。然後我們經過一座磚廠，接著又是小樹林，這裡那裡躺著的大人和小孩。被糞便弄髒的便池敞著蓋，從便池下面敞著的口子可以看到漸漸朝後遠去的枕木，沾著油的碎石以及水珠凝成的霧氣。火車一停下，人們便往外擠，從小窗口往外遞行李遞小孩，站在廁所裡的那條腿也小心翼翼地抽走，廁所門上的手指也鬆開了。廁所門已關上，只有我們倆待在裡面，我們繼續這樣互相抓著、擁抱著，緊緊地擁抱著，彷彿在跳波爾卡和華爾滋……

「我和您在一起總覺得很舒暢。」博士悄聲對我說。

「我也一樣。」我說。

「我，跟您在一起時，就像您不在我身旁似的。」他喃喃地說。

「我不懂這意思，」我說，「但我理解。」

「總而言之，跟您在一起我覺得很自在……您要是住到我那裡去呢？你知道，我只有一間房，可是那房間裡有扇門，可以通到另一間房，跟我那一間同樣大小，就像鏡子裡反映出來的一樣。共一個走廊。院子裡有個公共廁所，這也頗不錯，每當下雨天，您就只好赤著腳到院子裡去上廁所。還有，院子裡的洗衣房裡還有一間浴室，那裡有很棒的木盆可供我們洗澡；還有，您自己也看到了，屋頂上還有個平台，我只需要再給您鋸一把椅子就是了。」博士一個勁兒地說著，他的嘴唇都碰著了我的耳朵。我閉著眼睛，點著頭，就像聽著教堂裡的連禱文一樣，我重複著：是……是……

接著響起了敲廁所門的聲音。隨即而來的是插鑰匙孔的聲音，門開了，列車員站在我們面前，她生氣地喊道：「查票，請拿出來！……」而最主要的原因是，車廂、走廊，甚至單間裡都有空位子，「把這個廁所騰出來。聽見沒有？」

「好，請吧！」我第一個走了出來，博士也緊跟著我走了出來。我們兩人都臉紅了。但不是因爲恥辱，而是因爲這種毫無疑問對於我、也許也對於博士來說，在這個此刻好比懺悔室的臭烘烘的廁所裡所遇上的幸福。當旅客們看到我們帶著廁所裡特有的消毒水味在他們周圍穿行時，都厭惡地躲開了。我只是非常非常惋惜自己不能跟博士在那裡待得更長久更長久些……

12

後來我們在一個小站下了車。博士顯得格外溫情和激動，他環顧了一下這火車站，猶豫不決地站在車站辦公室門前，辦公室旁邊是一間破屋，車站值班員走進來，發出火車進站信號。從機車那邊，一名身穿鐵路制服的女員工推著一輛裝著包裹和捆紮著箱子的手推車走過來，她一見到博士，高興得將手推車一放，熱情地擁抱了博士，調度員發出了出站信號，這就是我們乘坐來的那輛車出站。車站女員工親一下博士。從軌道那兒回來的值班員走進辦公室打了個電話，然後又走出來。他很年輕，穿雙黃皮鞋，制服上面翻出襯衫領子。

「值班員先生，」女員工喊道，「這位是我們在保護國時期一起工作過的列車調度員先生，這就是德國人曾經想要槍斃的那個人。」可是那位年輕的值班員只聳一下肩膀便走進他的辦公室去了。車站女員工回到她的手推車旁，博士搶先走到她前面推著車子朝倉庫走去。看來他似乎把我忘了，我跟在他後面。女員工卸下包裹及帶子捆著的箱包。

這時，博士指著我說：「這是我的女朋友。……這位太太，我們曾經一塊兒在這裡工作過。不過，我問您，站長後來怎麼樣了？」女員工將手伸給我，微微蹲了一下，行了個屈膝禮。看得出來，她一直都很漂亮，想當初，十一年前準是非常美麗，即使現在也有點像聖母瑪利亞。她對著博士微笑。博士正遞給我一把椅子，自己卻坐在手推車上。

這位女員工理了一下博士的頭髮說：「您這是怎麼回事啊，頭髮掉得這麼厲害？您問普羅戈普怎麼樣了？您最好別問，革命後他立刻被關了起來，不過什麼事也沒出，後來還在邊境哪個地方做過一段時間，就直接退休了。他是受過專業訓練的啊！……可是，博士，您是怎麼回事，您都有點兒禿頭啦！……」她打量了一下博士的頭髮，又瞧了瞧我，對我解釋道：那時候，站長先生還在烏斯津—傑欽車站當值班員，愛上了一位德國姑娘，並娶了她。那個時候的習慣還是：德國人常去捷克飯館吃飯，捷克人常去德國飯館吃飯，他們唱一支捷克歌之後便唱一支德國歌。捷克人用德文唱，德國人用捷文唱。可是後來出了個亨萊恩㊲，這一切便結束了，……可是我們的站長太太把我們弄糊塗了，希特勒成了她的上帝。站長調到我們站，我們便多了個心眼兒，因爲站長先生也站在德國人一邊。他們有個女兒，是希特勒崇拜者，當希特勒戰勝了波蘭，後來又打敗了法國時，他們這一番歡呼啊！當希特勒後來向俄國人進攻，我們在站長先生面前也不得不小心點。可是後來來了個史達林格勒！在這個戰役之前，這裡二樓上三天兩頭殺豬宴慶，在站長先生家成天唱歌、歡呼。可是之後，來了個史達林格勒大戰，站長太太把自己的皮大衣捐到前線也沒幫上她的忙。站長先生則變得謹慎一些，德國人在史達林格勒吃了敗仗之後，站長先生開始連夜裡都到站上辦公室來，也到扳道工和信號員中交談前線形勢，已經不再聽帝國廣播，而聽英國的了；只有站長太太仍然那麼死心眼，她女兒也一樣。可是您來到這個站上當調度員時，已是戰爭快結束的時候。站長先生知道，戰爭的結果會是怎麼樣的，惟獨站長太太還始終認爲德國人最後會得勝，因爲希特勒有秘密武器……可是，博士，您這是怎麼啦？怎麼一隻眼睛低一些？」女員工關心地望著博士，又用手在他眼前晃了幾下，後來又爲自己這種做法略微嚇了一跳，不好意思地笑了笑。車站值班員從辦公室裡走出來，站在軌道旁，一列貨車隆隆響著開過火車站，值班員盯

㊲亨萊恩（Konrad Henlein, 1898-1945），蘇台德德意志人，一九三三年爲蘇台德德意志祖國陣線領袖，一九三八年四月要求蘇台德德意志人住區實行自治，當年會見希特勒，隨後要求將該區劃歸德國。捷克政府下令取締他的政黨，他逃往德國，成立蘇台德德意志人自由軍，在德捷邊境地區進行破壞活動，當慕尼克會議決定把蘇台德劃給德國時，德國政府任命他爲這一地區的長官。第二次世界大戰結束時，他被盟國拘留，自殺身亡。

著它開走了。然後他走回來，只聽得他在值班小屋裡扳動信號杆的聲音。博士站起身來，望著這列漸漸遠去的貨車背影，神情凝重而嚴肅。隨即坐到手推車上，用挪動了位置的那隻眼睛望著地面上的塵埃說：「這是我最美好的夢想啊！我總是覺得，我仍舊穿著一身漂亮的制服、擦亮的黑皮鞋、短上衣一直扣到脖子……我站在那兒，快車、客車和開往前線的、嚴密注視下的軍運列車都從我車站過。我負責過調度，開、關過信號機，我坐過電話機電報機叮鈴響的辦公室，爐子裡火焰熊熊，您往裡面添柴，總是面帶笑容，即使在我的夢裡您也是微笑的。您知道嗎，要是我有來世，我願意終生當個車站值班員，然後當個小站的站長。不過站長先生對我還眞不錯，我幾乎吃掉了他一整隻豬。」

那位女員工補充說：「可不是嗎，不過這只是因爲那個時候他患膽囊炎，肝也有病，而他太太又吃不下飯，因爲德國人在布達佩斯、在沃拉吉斯拉夫都吃了敗仗！」

博士看了我一眼，我眞的第一次注意到，他有一隻眼睛低一些，就像有些軍官曾經坐在我們家，談到他們在前線的經歷時那樣，也像那位相貌像白蘭度的馮．諾登將軍那樣，那一位還曾經推著我在一架花園大鞦韆上盪過哩！當我的手緊緊抓住鞦韆上的鏈子時，他的指頭還觸著我的手哩！他也有一隻眼睛低一點兒，他也像博士一樣，彷彿總在夢幻中，心不在焉，彷彿在看著遠處某個地方，望著久遠的過去……

「對，」博士說，「德國人在波蘭布勒斯勞一吃敗仗，站長便殺了一頭豬，到處送肉，他本來很愛吃的後腿，可是如今也吃不下了。於是他已經成了習慣，每當晚上我來上夜班，我便聽到他從他房子裡走下樓來，給我端來一大碟肉，半公斤豬肉片，用油嫩炸的，旁邊還放了幾片洋蔥。他身上繫了一條圍裙，一條屠夫常圍的那種白圍裙，給我端來他自己享用不了的這美味。他將椅背轉到他前面，下巴頂住他在椅子背上交叉的十指上，望著我如何津津有味地吃著這熱燙的嫩炸肉片。他一直這麼看著我，實際上我是在替他吃肉，我吃了彷彿就是他吃了。整整一個月我每天晚上都這麼吃。站長先生一碟又一碟地給我端來，直到我把那兩大蹄膀都替他吃完為止……後來，前線離我們更近，連奧斯特拉法也丟了。有一天夜裡，樓上站長家亮了燈。他太太和女兒來回走著，然後將她們的箱子提下樓。站長太太臉色蒼白，哭個不止，我幫她們將箱子裝到野戰醫院的快車上，從此以後就再也沒有見到過她們了。」

「可是博士，您說什麼呀？」女員工挑明了說，「那茜爾達已經不是什麼小女孩，而是一位小姐了，她那時已經十六歲……您不知道？得了吧，她不是愛上您了嗎？愛得多深啊！而站長先生為您燒肉也只是為了給您壯膽，有一回您還上了樓梯到他們家去找茜爾達哩！」

博士臉紅了，他大聲喊道：「可是我那時候根本不可能上樓去，那時候我根本不可能和站長太太坐到一塊兒，因為她到最後一刹那都相信德國人會打贏這一仗，說他們有秘密武器……當時集中營關滿了人，我怎麼會有這麼大的心思去跟一個德國女人談情說愛呢？我知道，茜爾達常下樓來，常在這部電報機旁坐著。我常去火車那兒，她在讀《少年維特的煩惱》，我知道她那時十六歲，長得美麗，我低頭操作電報機的時候，她坐在那兒，在那燈光暗淡、電報聲滴答中，好幾次被她芳香的閃爍金髮亮花了我的眼睛……這淺色頭髮的茜爾達現在大概在做什麼呢？」

「在荷蘭某個地方，嫁到了那裡。可是博士，寧城開來的客車快到站了，我得到悶罐子車廂那裡去一趟。您等等我，我們再聊聊……」

「不啦，」博士說，「我下次再來。」

女員工將她粗糙的手伸給我，衝我微笑，她的臉上已有不少皺紋，但仍然很漂亮，抹著口紅，穿著乾淨的制服，如今她又關心地望著博士，她不是梳理博士的頭髮，而是用手抹去他額上的煩惱，這大概是只有她才懂得的一種煩惱。

「我的老調度員先生啊，您比以前老了，變得嚴肅多了。您發生了什麼事？什麼事啊？」她又將手放在博士眼前晃了晃。他的那雙眼睛正凝視著遠處。一隻眼睛總低一點兒。

客車已開始進站，女員工推著小車飛快地走出行李倉，小輪子一顛一顛地駛過軌道，等火車停下來。小推車停在公務車廂旁，在敞著門的悶罐貨車廂上站著一名穿鐵路制服的男員工，他向車站值班員和女員工行了個舉手禮。博士苦笑了一下，也舉了一下手。女員工將三個包裹放到手推車上，然後向博士揮手致意。我走在博士後面，他如今顯得有點兒駝背。在車站辦公室窗前停了步，望著那兒，手搭在眼睛上方，以便看得更淸楚些。他看著那張放電報機的長桌子。他一轉過身來，我便看到，他彷彿見到了茜爾達那位淺黃頭髮的姑娘，那位當時只有十六歲、常跑到辦公室來坐著讀《少年維特的煩惱》的姑娘。他看到的茜爾達，當時裝作在看書，其實她沒在看書，而在細聽那電報、電話的聲音，特別是年輕的列車調度員的腳步聲。當年他大概頭髮濃密，相當英俊。她就像我曾經在我家那間大餐廳裡裝作讀書一樣，對面坐著馮・諾登，那位最年輕的軍官。他望著我，我卻垂下眼瞼裝作看書，我當時大概像茜爾達那樣，在細聽著每一點聲響，熱血直往上湧……

正在執勤的車站值班員如今站在小台階上，再邁一步，也許就進了辦公室，可是他猶豫了一下，彷彿被某個力量逼著回過頭來說：「您不想進辦公室去看看嗎？從您最後離開到現在，什麼變化也沒有。」

「沒變化，或者說有？」博士笑了笑說，「可能我會昏倒過去。德國人在這裡曾兩次要斃掉我，有一次我已經上了機車，我感到那槍已經頂在我背上，過了羅茲科希，那槍口才離開我的後背，那黨衛軍的指揮官用下巴示意我下車去……」博士痛苦地敍述著，他不是對著車站值班員，而是看著我在說話。我不禁臉紅了，尖叫了一聲……可是那時我才十六歲啊！這能怪我嗎？

車站值班員仍然站在第一級台階上，又邀請了一次博士進辦公室去看一看，說從那時起辦公室的確沒有什麼變化……「還是有變化啊！」博士說，「在我服務的那個時候，有一次，我的制服上只有一顆扣子沒扣上，交通檢查員下了火車，我站在月台上，黑皮鞋擦得閃亮，檢查員當著大家的面，親自幫我扣上了那顆扣子。」

值班員站在第一級台階上，打量了一下自己穿著的黃皮鞋，然後伸手去摸他敞著沒有扣的藍扣子，聳了聳肩膀，走進辦公室。

「可惜那一回沒把您斃了。」他說。

車站樓角上方掛著大鐘，我們從它下面走過，繞過毀壞了的籬笆，沿著隨便扔在地上的鐵軌和橫七豎八的器械，穿過一條老菩提樹林蔭道，走進一家古色古香的二層樓飯館。

我們穿過門洞，又到了太陽底下，然後沿著一座座建築走過整個村莊。我們瞧了一眼曾幾何時大門威武，引以為榮，而如今已被毀壞的莊園，想當年，它的門柱還以兩座石獅子做為裝飾，現今它院子裡的倉庫已倒塌，牆上的太陽鐘卻仍在閃閃發光。博士揮了一下手，拐進一條小巷，那裡有三座小房子，有座房子旁停著一輛小汽車，一個年輕人在用合成洗滌劑洗車身，用海綿刷從桶裡吸些肥皂水，從汽車上流下細細一道髒水，房子後面擺著兩架卸下了輪子的生了鏽的播種機……

「的確，可惜那時沒能把我槍斃掉，」博士重複這句話，「不過也好，我們在這裡停了一下，我從來都不知道，我爲什麼……」

接著來的便只是一條長長的田間小道，然後我們走在長著一排老蘋果樹的水渠邊，踩了一腳爛泥，這是拖拉機輪胎從莊稼地裡帶上來的。博士發火了：「還說不能按老樣子生活，我住在啤酒廠的那個時候，農夫從啤酒廠後的地裡開出拖拉機之前，總要先把輪子上的泥巴刮下來扔回去，然後駛在公路上的大車便總能保持乾淨。」隨後從老遠的地方傳來一陣鐘聲。博士老是跑到我的前面等著我，或者走回來迎我，我則穿著高跟鞋繼續小心翼翼地走著，小手提包顯得越來越重，我的高跟鞋一步一響地敲打在沙石地上。博士沒頭沒腦地對我說：「我的朋友馬利斯科、詩人，您會認識他的，他總想有間工作室，他花了約一萬克朗，於是得到一間工作室，一家廢棄了的小店鋪的房證。我們來到一張放下的捲窗門前，馬利斯科拿著這間店鋪的房證和鑰匙，等我們喝完一小瓶啤酒後，馬利斯科打開捲窗門的鎖，我將門往上一推，捲窗門哐噹響著縮進了夾牆裡。我們往店鋪櫥窗、往關著的玻璃門裡一看，只見櫥窗裡面有兩張床，一張床上躺著個攤開兩條腿的男人，在門裡有個櫃子。原來是隔壁住著的一名廚師打通了牆，擴充了一間房。因爲他有三個孩子。當馬利斯科給他房證看時，他還罵馬利斯科是違反公益的房屋強占者。……我想，在我們利本尼，我們要是偷偷打通隔壁住房的牆，我們的境況就會跟那個廚師一樣。您明白嗎？」

他站在我面前，每當我趕上他，他就退著走，兩眼凝視著我，我淸楚地看到他的眼睛一高一低。

接著，我們走在太陽下，從遠處飄來一陣水香，隨即我們朝著一排白楊樹走去，緊接著便見到一條寧靜的小河。我們站定了一會兒，眺望河對岸的小村莊，然後我朝下走到渡口處，那裡有一座小橋和一艘拴在一根粗纜繩上的平板船，纜繩則緊緊拴在河對岸的支架上，船家在岸上躺著，帽子扣在臉上。岸上放牧著三隻羊，牠們悠閒自在地吃著草，下巴一抖一抖的。博士將手伸給我，領我上了小船，把我安頓在後邊椅子上。我坐下來，甜蜜地呼一口氣。我的腳已經有點兒疼了，我將手提包放在身旁。博士將它拿起來，隨即靠著我坐下，將小提包放在他膝上，於是我們便並排坐著了，在小站上的逗留在那裡所聽到的一切讓我目瞪口呆，情緒全亂了。後來船家醒過來，將我們送到河對岸。我望著奔流的河水，心中泛起一絲憂愁。我們朝著一座小發電站走去，水聲嘩啦，朝上噴射，形成一根小水柱，水柱中間的風將水珠碎花帶到遠處。我們走在這水霧之中，太陽顯得矇矓暗淡。隨後，我們沿著緊靠河邊的休閒小木屋朝前走，每所小木屋都敞著門，從小廚房裡散發出午餐的香味，我們還看到身穿泳衣的小屋主人們，他們有的已在河的下游游泳，有的躺在小柳樹、灌木林中的毯子上。水波聚集的河灣堆起了層層細沙。我們來到一個帶有沙灘浴場的河灣，朝下走向河邊，換上泳衣便痛痛快快地游起來。游累了之後便胃口大開地吃掉帶來的麵包夾炸豬排，喝了不冷不熱的啤酒，然後便躺著曬太陽，聽著遠處孩子們的喊叫聲、噴水聲，漸漸地我便閉上眼睛睡著了。後來慢慢甦醒，一睜開眼，只見博士在我身旁，面前燒著一團篝火，水面刮來的風吹得火苗東搖西晃。博士在烘手，現在他站起身，到河岸上撿些被水沖到岸邊的乾枯樹枝。我有點累、有點憂傷。後來我們又游了一會兒，再游了一會兒，小篝火烤暖了我們的手和腳，我覺得很舒服，朝博士微微一笑，感到很幸福。因爲博士什麼也沒說，我覺得，博士很有技巧，他喜歡我，而默默不語。他完全可以說一點什麼，或對我嘮叨點什麼，說明什麼是正確的，也許會使我更加憂傷。因爲對於博士來說，我也是個德裔女子。於是我沒頭沒腦地說了句：「可是博士，我上的是捷克學校呀！我的家人作爲德意志人被遷到西方去了，可是我卻留在了這裡呀！因爲我上的是捷克學校，跟我弟弟海尼一樣，就因爲我們上的是捷克學校才給我們捷克斯洛伐克國籍，所以我現在才坐在這裡呀……」博士俯身對著我，將手指擋在我的嘴唇上，我閉上眼睛，他吻我，隨後跪在沙灘上，又親吻了我。他接著仰天躺著，手抬到腦後，凝視著天空。我便俯身於他，貼近他的臉親吻他，他的雙手摟住了我，我們久久地親吻著，一次又一次地……我們就這樣躺在柳樹灌木中，太陽落到橡樹林後面去了。我們坐起來，望著黃昏中被微風吹得飄飄晃晃的木炭火光。然後我們換上衣服，我們吃完剩下的麵包夾豬排，喝光了已經有些涼的啤酒。博士用沙子將篝火熄滅掉。然後我們起步，但沒往回走，而是走進村莊。迎面而來的是一道明亮的弧光燈，後來我們便跟幾十位遊客站在一塊等車。開來一輛公共汽車，我倆又並排坐著，博士摟著我的腰，我睡著了。等我一覺醒來，腦袋枕在他肩上，車子朝布拉格城郊駛去。我疲倦極了，眼睛睜開一會兒，立刻又睡著了。彷彿我在發燒，漸漸睡去，然後又慢慢醒來；彷彿我失去了知覺，又慢慢恢復了知覺，腦子裡的畫面在反覆調換，還與黑暗中利本尼街道的畫面攪和在一起。……博士挽著我的手下了車，很快我就看見了那盞煤氣路燈。我們剛一抓起門把，波比便在院子裡快樂地叫起來。我們一打開門，牠便跑來迎接我們，又是叫又是跳的，過了好一陣子才平靜下來。然後我們進到院子裡，貝朗諾娃太太已經躺在床上看書，隔著玻璃窗對我們喊道：「波比棒極了。我還帶牠出去散了步。牠的繩套掛在博士的門把上。」

博士生起爐子，天氣夠涼的。我拿起一個大罐子，給波比套上牠的頸索。我臉有些發燙，博士曬黑了，他那隻低一點兒的眼睛，比在河邊顯得更低了。我端著罐子來到小院裡，波比已跑到通街的大門那兒，然後又走回來，就像博士在鄉間小路上來回等我那樣。當我沿著燈光明亮的窗戶走過的時候，在一個伸手可觸到的窗口那兒，只見貝朗諾娃太太的眼鏡架在鼻頭上，喊道：「瞧那波比多高興！等您打了啤酒回來就去躺下吧！廣播裡說了，今晚有暴風雨，晴天轉地磁性暴風雨，所以我乾脆躺下了……您知道，我也出生在蘇台德，我也受不了這天氣……」她仰著脖子，眼鏡片閃著光。我已經走到通道上，波比已經鑽到了門外。我們一道跌跌撞撞走在街上，從魯德米納街躥出一個人來，頭髮淺黃，一撮捲毛垂到眼睛裡，原來是個醉漢。從這條街又躥出個人來，是我們認得的那個茨岡女人，追趕著這個男人，舉起足可捶死一匹馬的重拳往他背上捶去，他匆匆往前跑時，漂亮的頭髮富有彈性地跳動著。那茨岡女人對我說：「太太，您看見了吧！這就是我的寶貝丈夫。賭了兩天彩票，錢都打水漂了，全沒了！」

後來我走進萬尼什達酒店，波比搶先跑到通道上，小酒吧就在通道裡，那裡站著好幾個男人，穿得整齊漂亮，喝著啤酒，酒杯放在門洞角落的一張桌子上。玻璃窗口裡面有位胖老闆在給人斟酒，這裡那裡都開著通向雅座單間的門，半明半暗的通道傳來談話聲和光亮，男人們走到院子裡去上廁所，有些客人走到門前才穿上外衣，其中一位大聲嚷道：「這是博士的那條狗！」接著跟跟蹌蹌繼續走他的路。酒店老闆一接下啤酒罐，便滿意地點點頭說：「這是博士的罐子！」他在玻璃櫥窗裡面微微蹲下一點，以便看清楚我，我也蹲低了點好讓他看得更清楚。當我們這麼半蹲著四目相遇時，我對萬尼什達先生吐了一下舌頭，他不禁笑了。他正要將啤酒罐遞給我，可又不得不放下。從酒櫃那邊走來一個臉色蒼白的年輕人，對酒店老闆說：「喂，拉嘉，我喝了六大杯，給我記上帳吧！」老闆笑著走出酒櫃玻璃櫥窗，從褲子後面的口袋裡掏出一個小本子，笑了笑，翻了一下帳目之後，將這筆賒帳添了上去，微笑著對那客人一鞠躬，客人踉踉蹌蹌撞出了門，醉醺醺地朝右拐去。

酒店老闆隨即一臉嚴肅，拿著這個帳本一直走到這位客人剛從這兒出去的門邊，衝著這扇門喊道：「他媽的一個土匪！酒倒是會喝，可是付起錢來就費勁了！」然後走回來，生氣地瞪著眼睛，對我解釋說：「您看，這裡是四百，這裡我還說不出名字，這裡又是二百五十克朗，等等等等，」然後又對著大門嚷道：「這幫他媽的土匪，就會喝個爛醉，可是花誰的錢啊？我的！」我接下啤酒罐，正要爲三公升啤酒付錢，酒店老闆卻搖搖頭，翻開一頁帳單，在上面添了個數字說：「行啦行啦，博士是我的常客，這是一位難得的好客人啊！」一位手裡端著酒杯的先生，將腳跟一併，舉了一下酒杯說，「我是郵政局長，我親自給博士送信和明信片，爲您的健康乾杯！」又併了一下腳跟，喝光了杯中酒。

我提著啤酒回來，走進我們那座樓時，只見貝朗諾娃太太的房間已經關燈，這位愛乾淨的太太大概已經睡了。我邁著沉重的步子走上樓梯，彷彿我早就是住在這裡的人。

樓上斯拉維切克家的窗子敞著，他的太太和孩子們在喃喃細語，一家人都已躺在床上，黑著燈在嘰嘰喳喳談論著一天來他們感興趣的事，使他們驚喜、激動和生氣的事兒。我透過裡面吊著文竹、兩邊嵌著鏡子的窗口見博士坐在爐前，低著頭，兩肘拄在膝蓋上，兩手托著下巴在沉思。車站女員工說得對，從我一個月前見到他擦地板的時候起，他逐漸變老了、變憂鬱了，好像有些苦惱，他望著遠處，心不在焉。然後將手伸到口袋裡，掏出一面橢圓小鏡子，從小鏡所能照見的各個角度打量著自己，大概他自己也不滿意自己那副模樣。他大叫了一聲，打開爐蓋，將小鏡子丟進火裡。波比汪汪叫了。

隨後我走進來，將啤酒罐放到桌子上。博士伸出雙手來取罐子，端起來便喝了好半天，然後將罐子遞給我，我也空著肚子喝了個夠。啤酒從我嘴邊流下來，一直流到胸口上。博士簡直等不及了，馬上又輪到他來喝上好半天。然後放下啤酒罐，朝我一笑。彼此伸直躺在地毯上，深深地歎了一口氣。然後我們吃著平底鍋裡的炸豬肉，喝著啤酒，兩人都默默不語。博士喝了些啤酒之後變得年輕了些。我卻覺得啤酒在往我腦袋裡衝。等我們喝完了這一罐，我又出去買了三公升啤酒，等我回來時，窗戶已經關上，波比睡著了。我們又接著喝啤酒、吃炸肉。我們用刀子切下一小塊，狼吞虎嚥地吃著喝著。博士鋪好了床，等到我們把啤酒喝完，周身都是啤酒味兒時，博士關上吊燈，牽著我的手，將我領到他床上。生鐵爐灶面上的鐵板反光晃眼，我一身的啤酒香味，博士俯身於我，也是啤酒香味四散，我們柔情地愛著，一次又一次地……我只聽到我的心在跳，感覺到我怎樣在散發著啤酒香味，我的情郎在怎樣散發著啤酒香味。我彷彿在啤酒池裡游泳，在一個巨大的皮爾森啤酒槽裡游泳，就這樣，我在男人的擁抱中漸漸入睡，沉沉地睡著了，我的頭枕在他稍微彎曲的胳膊上，就這樣睡了。我第一次醒來時，我的腳碰到一團毛茸茸的東西，原來是波比，牠鑽到了我們床上，便成了我在這棟房子裡婚事的第一位見證。……後來，只聽得樓下那位愛乾淨的太太一聲可怕的尖叫，那是在下面。而上面，那鋪好的床鋪、乾淨的維也納睡衣、乾淨的毛巾和香噴噴的、誰也沒有用過的香皂卻在徒勞地等著我……

13

這個夏天特別熱，我和博士常去游泳。有一次去到貝龍卡河與伏爾塔瓦河交會處，後來又去過流入易北河的伊茲爾。博士總要去撿些小木頭和枯樹枝，在小河岸邊生一堆篝火，小小的篝火。我們通常泡在水裡的時間很長，這小篝火燒得正是時候。這段時間我們常常帶波比同來，牠也愛游泳，也愛待在篝火旁邊。這條狗簡直像是我們的孩子。博士不斷地往火裡添柴，這個時候誰也不能同他說話，這些篝火對他來說好比一場彌撒，就像水對他來說的意義一樣。博士壓根不能見到水，我們不管在什麼地方，他總要捧一捧水澆到臉上。他慢慢地捧著這水，扣在臉上，眼睛閉著，就像他瞇著眼睛看火那樣閉著。博士不能看到水，即使在布拉格宮的水池那裡，他也要去捧些水來洗臉，在舊城廣場那個小水池那兒，他也這麼做。他常常滿頭是水地繼續往前走著，還歡天喜地的。這水在他臉上慢慢乾掉，這水將他的睫毛黏在一起，烈日又將他的臉曬乾。

每逢星期六或星期天，我們便乘車出去郊遊，去游泳。在平常日子裡，博士等著我下午下班，或者我到利本尼去找他，然後一道去伏爾塔瓦河的馬寧納河堤那兒。那裡沿河長著白楊樹和灌木叢，那裡延伸著鐵路軌道，那裡下午陽光明媚。我在這兒最爲愜意了。小台階一直往下通到河灣，我常在這裡坐著，太陽透過我的裙子從下面反射出光芒。我從台階一級級走下來，坐下，河水波光粼粼，映射著我的眼睛。我或者看書，或者塡字謎，波比就坐在我身旁……博士在那邊那些老白楊樹下撿樹枝，又生起他的那堆小篝火，又是那麼持久地、驚訝地凝視著那劈啪直響的火堆。然後就在這令人噁心的水裡游泳。有時我也下去游。這水裡漂浮著屠宰場淸除的廢渣、垃圾，有時還有避孕套。有一次博士從水裡出來時，甚至有個避孕套掛在他的耳朵上，他把這噁心的東西扔了，但並不很生氣，只是像扔掉一根橄欖枝似的。河岸上長著許多橄欖樹，每當橄欖樹開花時，博士總要摘一些，放到自己的內衣裡、床上。他還對我說，明年橄欖樹開花時，我們要採好多好多，夾到我們的內衣裡、五斗櫥裡。博士對我的態度，好像我們早就是一家人，結婚好幾年了。他在凝視著火的時候，總是求我別說話，一句話也別跟他說；有時他突然想進城，看到噴水池或者別的不管什麼水池，他就說得去池邊洗臉……

這一天很熱，我們坐在河堤上，太陽下山了，天氣悶熱得厲害，從河裡吹來一陣風，小篝火音調悅耳地燃燒著，不時發出一聲長長的怨訴和呻吟。我們坐在台階上，靜靜地望著流淌著的河水，小篝火在我身後劈啪作響，我兩手扶著膝蓋，想起了博士在利本尼的那間住房，怎麼可能呢，從我第一次到這個小院子裡那一天起已經很久了，直到現在我才注意到博士房間的牆壁上掛著的那些舊廣告，在床鋪上方橫掛著一塊洋鐵皮，上面有：「讓他去感到害臊吧！他就是那個不知道飛機爲何物的人。」還有一個大廣告：「舊的金子價錢最高！」那小院裡還掛了一幅宣傳辛格樂芙牌縫紉機的廣告，這牌子的第一個字是綠色的，一個賽采賽風格的姑娘正在踏著這架辛格樂芙牌縫紉機；在院子裡的爬山虎枝上用鐵絲拴了一塊眞人面具模，面具上交叉纏著鐵絲，像纏一個裂了縫的粗陶罐子。還有一幅廣告上寫的是：「你需知道艾戈牌巧克力的味道好極了！」我第一次到博士這裡來的時候，甚至沒注意到那兒有個大櫃子，我的第一個印象是當時博士在刷地板，把什麼都搬到了房子外面……我就這樣坐在薄暮之中，眼看著暴風雨即將降臨。要是在平時，我肯定在暴風雨到來之前便已跑掉，可是在這兒有博士坐在我身邊，他無憂無慮地在望著篝火，他並不是不知道暴風雨將要來臨，他明明知道，只是他在仔細體會我們相識以來的一切，話也說不俐落了。這是一個美好的下午，可是博士已經停止說話，因爲他也跟貝朗諾娃太太一樣是個天氣預報器，他也能提前預料天氣變化，因爲當暴風雨來臨之前他的腦袋裡就像釘進了一根釘子那樣疼，他曾經覺得特別好笑似地跟我談過他這毛病，像他的朋友沃拉吉米爾總覺得有根釘子扎進了腦袋一樣疼。他的這位朋友只曾經有過一次朝窗口看了我一眼，向我問了個好，稱我「年輕的太太」……當我請他進來，說博士一會兒就來時，他沒有進來，以後就再沒來過，我還沒有見過這麼帥的男人，跟美國籃球運動員一樣高，也跟排球運動員一樣英俊，一頭鬈髮，他大概在吃我的醋，斜著眼睛看我，他之所以轉身就走，大概只是因爲那根釘子又在開始扎他的腦袋，或者那根釘子一直在他的腦袋裡……我坐在薄暮之中，博士開始結結巴巴地述說：「我們從學校裡一出來，每一，喏，每一天，我每一天都要跑到一家雜貨店去……叫什麼來著？諾瓦克雜貨店……常常，飄來一些廣告，啊，是廣告傳單吧？當我……啊，這太幸運了……我們把這些……他媽的，什麼來著？對，小廣告貼到本子上……」

他沿台階往下跑向映在河裡的暮色暗黑的天空，接著說：「那段時光眞美好啊！……小廣告傳單……那些做買賣的小伙子們，能寫會算……有人來買東西，他們便將一小張廣告放到那些裝麵包、奶油、麵粉、罌粟花子的採購提袋裡……後來我又跟爸爸騎著摩托車到各個小飯館去，爸爸給他們做……叫什麼來著？啊！做帳報稅，迎面而來的全是洋鐵皮廣告牌：辛格樂芙牌打字……不對，縫紉機……斯皮德維油……發動機油……如果是油，那就得用摩古爾牌……」

我坐在已經很暗的黃昏中，我看見太陽早已下山，利本尼的橋上亮起了燈，行駛著淺黃燈光的電車。行駛著電車的整座橋都映在暗黑的河面上。布拉格那邊某個地方閃了一下電，隨後響起一陣雷聲。我坐在那裡，也沒有因爲我剛才回憶了一遍博士住房裡、院子裡掛著的廣告牌，而他又無緣無故地向我談起了廣告這一不謀而合感到驚訝……

「我上大學的時候，坐著車去……他媽的怎麼說來著？啊，去聽講座……在維索昌尼……我坐的火車……我乘的那輛火車……在那兒停了……在一片屋頂的那一邊，我看見一塊又大又高的招牌『美麗』，每個字有五米高……還是透明的，在黑暗中閃爍發光的『美麗』兩個大字……於是我便駛進了美麗的布拉格……我，跟個國王一樣……到後來，我才知道……這是一家旅館……不錯，是旅館的名字，『美麗旅館』！拉吉斯拉夫・克利曼㊳曾經在這裡住過……一九四八年之後，這家按小時計費的旅館倒閉了……於是，我們幾個同學曾想裝扮成工人……去把屋頂上豎著的那塊大招牌取下來，這塊牌子聳立在維索昌尼上空……從克萊伊查克……從布拉夏奇卡……從哈耶克……和什洛斯貝克都能看得見這塊大招牌……我們還商定每個人留下一個字……五米高的一個字……可是等我們去到那裡……那已經無美可言了……人們在我們去的前一天已經取下了那些字……它

㊳拉吉斯拉夫・克利曼（Ladislav Klíma, 1878-1928），捷克哲學家、評論家。他的激進主觀唯心論與叔本華、尼采相近。他的主要作品有《世界即知覺和無》，是赫拉巴爾最喜歡的哲學家之一。

們送進了回收站……不會是一般的下雨，會打雷，會有一場暴雨……我知道。」

起風了。我們朝橋上的亮光走去。電車在橋上哐嘡穿行。我們手拉著手，沿著小路上了橋。當我們從橋上經過時，河面掀起了風浪，衝擊猛烈。我們摟著腰，走進了利本尼區。強風勁吹，將堆積在馬尼內、卡爾林河港的一切骯亂垃圾捲起，廢紙、樹枝、破紙盒子滿天飛，在暗黑的天空中只見破布爛條在橋上飛舞，隨即捲進庭院、車庫中。狂風刮起的沙子、爐渣抽打著我們的臉。我們互相抓得牢牢的，博士頭頂著風，興奮已極。風力時而減弱，博士拉著我，準備再次去頂撞那猶如緊閉的大門一樣的狂風，我們終於過了橋。赫拉夫尼街上滴滴答答掉了幾粒雨點，高杆上的路燈被吹得呼呼尖叫。行人們從人行道的右邊跑到左邊。亮著燈的電車叮鈴嘡啷朝下駛去。河上的大風將好幾桶廢紙垃圾刮進了赫拉夫尼街。店鋪已關門，只有櫥窗裡的燈還通明透亮。我們轉到了堤壩巷，弓著身子頂著大風，煤氣路燈被風刮得像鬆動了的假牙哐嘡直響。我們溜進通道，博士帶著我踮著腳尖從愛乾淨的太太的窗下經過，她不在家。院子裡到處一片漆黑，斯拉維切克家燈是暗的，莉莎家燈也是暗的。博士打開自家的門，我們溜進房裡，他又連忙劃了根火柴，點燃了早就準備好的揉皺了的報紙和碎木片，打開了窗子……

我沉思著站在窗前，在我身後，生鐵爐子裡火焰熊熊燃燒。在我前面，是吊在銀燭台上的文竹和小蔓藤的半明半暗的輪廓。雷鳴電閃，真美！身後爐火正旺，身前雷電時隱時現，我從來沒有這麼激動過。每閃一次電，那文竹便閃爍一次、發一次銀光，且在兩個窗戶之間的鏡子裡再現一次；每閃一次電，辛格樂芙縫紉機廣告也被照亮一次，掛在爬山虎藤纏著的鐵絲上的博士那個面具㊴也閃現一次。這是沃拉吉米爾幫他做的，這爬山虎彷彿是博士被撩開的鬈髮。我覺得那面具在微笑。這個面具比這位還活著的博士更像他本人，比跟我站在一起，跟我凝視著同一個地方的博士更像他本人……在這一剎那，重得能聽見響聲的雨點落到院子裡，彷彿在下冰雹，隨後開始下雨，然後是閃電，接著便是劈頭蓋腦的傾盆大雨。從院子裡吹進博士房裡的暖空氣一下子變涼了，隨之而來的這傾盆大雨，如同好幾個蓮蓬頭集中在一起往地上噴水。不一會小院便積滿了水，下水道來不及吞下這洶湧的水流。博士往爐子裡添了些柴，打開了小爐門。如今我朝上看，發現這個房間的天花板是拱形的，我第一次注意到爐中的火焰如何照亮著天花板。後來我不禁嚇得往旁邊一愣，因爲狂風冰雹抽打著隔壁研究所的牆壁，牆上僅剩的灰泥塊全都掉了下來，狠狠砸在板棚的斜屋頂上，如同泥土塊掉在尚未封坑的棺材上。下水

㊴從博士臉上翻模下來，以其臉爲陽模的面具。通常只在人死後製作，所以也叫「死人面具」。

管道呼嚕地響著，來不及吞下從天而降的這麼多雨水。博士在我身後伸了個懶腰，舒服得叫出了聲，然後乾脆衝著天花板叫了一聲，重又伸了一次懶腰，發出一聲舒坦的叫聲，然後樂呵呵地對我說：「我看到最漂亮的廣告是馬利斯科先生訂做的那一個，在斯達羅馬克長街上，法費特先生開了一家藥品雜貨店，他還給它特別取了個名字叫『法費特妙藥』。他想給這妙藥店做個廣告，便托馬利斯科先生去幫他處理。馬利斯科花了兩百克朗給美術學院三年級一個學生下了訂單，這學生名叫阿爾比赫，他完全是根據法費特先生的要求來設計的……」

院子裡的水已經漲到通向洗衣房的第一級台階。又一次閃電一裂口，博士頭頂上那根從頭頂一直釘到嘴巴那兒的釘子便不取自拔了。原被釘子扎住的舌頭如今靈活了起來。他歡呼著，在房間裡踱步，講話的興致特別高，倒不是他所講的內容使他那麼興奮，而是因爲現在他的思想又活躍起來，舌頭不能表達他的思想流了。博士就像剛才那下水管道來不及吞下那滾滾而來的水流一樣，他簡直在歡呼：「有一天，當法費特先生拉開櫥窗上的捲簾，我們便看到在櫥窗正面掛著一幅標語，這是由美術學院三年級學生米蘭·阿爾比赫先生用美術字寫出，並加以裝飾的一幅廣告標語：『使用法費特妙藥，從此擺脫貧窮與煩惱。』那裡還掛了六幅類似連環畫的圖畫，其中三幅畫了法費特藥店的病人正在服用妙藥；另外三幅上面畫著尚未使用這口號的幾個正在談情說愛的年輕人。喏，到了一九四八年，法費特先生恰恰跟他櫥窗裡的標語和圖畫一樣離開了這裡。」

博士跑到院子裡，但又立即跑回房間來。他脫了鞋，又脫掉衣服，只剩下一條運動短褲，然後回到院子裡，在這狂風暴雨中走著，髒水浸沒到膝蓋。已經不再閃電，博士打開了通向洗衣房通道上的燈泡，取下擰在舊水泵上的橡皮水管，將它從排水溝那兒一直拉到樓梯往下的地方，貝朗諾娃太太窗子下，借這管子來沖刷院子裡的髒水雜物。「我求求您，進屋吧！您會著涼的！」我對他說。他又跑到窗子底下，然後又冒雨朝排水溝跑去，之後又跑到窗子這兒，從常春藤和文竹間反覆來回多次……「您會著涼的！」他點了點頭，眼睛瞪得老大。當他走進房間，站到爐子跟前，我立即拿毛巾替他擦背，給他脫下溼透了的運動短褲，我又重複了一遍：「您會著涼的……這條運動短褲全溼透了……」

我說著說著，舌頭像是被什麼東西卡住不靈活了。突然我緊緊地擁抱了他，實際上不是抱住他——博士，而是抱住一個男人的胴體，這胴體散發出來的不是香味，而是浸透著灰泥和煤煙的臭水味。某處響了一聲雷，我吻著他溼淋淋的身體，不是在吻，簡直可說是舔，我沒有任何其他願望，只願他完完全全占有我，擁有我。他將我扶起，抱到被褥中，也顧不上鋪好床鋪。外面停止了下雨，門大敞著，窗子敞著，爐火熊熊，松樹枝燒得劈啪直響，火星四濺，我激情迸發，手指牢牢抓住這個躺在我身上的男人，他的動作逐漸加劇加快，我也一樣，我的快感達到了頂點，我已感覺到一個男人的精液、熱乎乎的精液如何射到我的體內，我卻淚水盈眶。外面的雨聲停了，我全身敞開著，我的男人敞開著，窗子敞開著，門也敞開著，院子通向街道的大門敞開著……誰也沒有來，我眞希望……這樓房裡住滿了人，大家都因下雨待在家裡；我眞希望這全樓的人都來看看我們，希望博士的朋友們都看到，什麼叫眞正的婚禮。可是誰也沒來，誰也不會來，一個人也沒有來……我赤身裸體坐在床上，我的赤條條的男人躺在我身後，伸得筆直。我起身給爐子添些柴火。我凝視著這爐火，看來我也迷上火了。等我轉過身來，這個男人眼睛閃閃發光，嗓音微微有點兒嘶啞，但很悅耳，他像講課一樣對我說：「可是我覺得最漂亮的廣告是瓦德斯的科伊·諾精緻鈕扣廣告。這個廣告是我二十年前每次來布拉格時都要看到的，看到它，接著就能看到那『美麗旅館』，『美麗』二字至今陪伴我遊遍布拉格。因為廣告上那個將精緻的金屬扣子、藍色扣子嵌進想像的眼睛中的美麗姑娘的頭像，一直照耀著我走在這世界的道路上……您知道，這廣告上的那位姑娘是怎麼來的嗎？有一位翻譯家向我講述過：瓦德斯先生曾經乘船從美國到歐洲，那個時候他就已經有這些科伊·諾牌精緻扣子了，但還沒有這位美麗的姑娘，後來他在船上喝香檳酒時結識了她，當這位電影演員問他是做什麼的時候，瓦德斯先生便給了她一張拴有這科伊·諾精緻扣子的卡片，這位原本被香檳酒引得興致很高的姑娘便把這顆扣子像單片眼鏡一樣扣到眼睛上。他立即去叫人將這位眼睛上扣著他的精緻扣子的姑娘拍攝下來……經瓦德斯請求，從此廣告上便有了這個眼睛上嵌著一顆科伊・諾牌精緻扣子的美麗姑娘。這個廣告不僅照耀著布拉格，而且照亮著我的生活道路……您知道嗎？她像您，我也知道……您知道我在想什麼嗎？下個月我們是不是可以發出舉行婚禮的通告……」

「但願您不是在開我的玩笑吧，」我說，接著又補充了一句，「在我們經過了這一切之後，我們可以用『你、我』相稱了嗎㊵？」

「不能。」他說。

「這絕對不能。您怎麼會想起這個，讓我們馬上就以『你、我』相稱呢？」他嚴肅地說，「我還更樂意用『他們』㊶來稱呼您哩！就像在維也納的德麥爾咖啡裡，女招待總

㊵按捷克習慣，彼此間以「您」相稱表示尊敬對方，也表示關係生疏；以「你」相稱表示關係親密、隨便或不客氣。

㊶在捷克和歐洲有些國家，爲表示尊敬或禮貌，也用「他們」來稱呼對方，那就比用「您」稱呼更客氣了。

是問：『他們要點兒什麼？』㊷我們還是彼此以『您』相稱的好，至於『你、我』相稱，可以到以後再說，直到……」

「什麼時候？」我說。

「結婚以後，因爲倘若您現在就以『你』來稱呼我，那您會藉這『以你相稱』而什麼也不在乎地對待我了。」他這麼說著，我則躺在我這個心愛的男人身旁。我親吻他，我們像兩片抹了奶油的麵包一樣貼在一起，後來又跟剛不久所做的一切一樣，彷彿第一次……後來我們仰天躺著，爐火漸漸熄滅，我們也鬆弛下來，隨後漸漸入睡。博士累得鼾聲大作，我卻睜著眼，望著天花板，想像著自己穿上那套最美麗的衣裳的片刻。我的那套新娘服裝將是深藍色的、配上金扣子、朱紅色襯裡、朱紅色滾邊的口袋和小袋子，再配上我的珊瑚紅義大利新皮鞋和紅色手提包以及像荷蘭航空小姐戴的那種式樣的紅色小禮帽。我要化妝、黏上假睫毛，畫上眼圈眼影。先到住房機關辦公室去，那裡會讓我進去，我要在我手提包裡放上我的結婚通知。一開頭我將故意問這位負責人，是否允許

㊷原文爲德語，實爲「您要點兒什麼？」但不是用「您」而是用「他們」，以表示尊敬。

我報個長期戶口。他肯定會像以往每次那樣對我說，假如我能拿來最後一個住處，比什麼有關調動工作的介紹信或布拉格企業的就職證明信都管用，就有可能報上長期居留戶口。我將我的結婚通知掏出來擺到他面前。我盼著看到他見了我的結婚通知時瞪眼吃驚的樣子。這份通知雖然只是一張用於結婚這天的期票，但是這張期票說明我的未婚夫我的丈夫的住址就將是我的住址……他會驚得目瞪口呆。然後是我那位大媽，等我把結婚通知拿給她看時，她還不知道會驚訝成什麼樣子哩！……然後等我帶著我的結婚通知到人事部門去，那裡的負責人是個女的，她不喜歡我，她連對大廚巴烏曼都要刁難一番。我倒高興看到我去求這娘兒們發善心給我一個長期就業證明的情景……而她，肯定跟以往一樣，這死婆娘肯定會甜言蜜語地對我說：『可以，我有什麼不願給的，可是啊！小姐，您若能拿來長期居留證，我就給您這個長期就業證！』我將穿著這雙珊瑚紅高跟鞋，手叉到腰下，掀開一點兒我的藍色套服，讓她看見朱紅色襯裡，要是我想逗逗我們這位以勝利者的眼光瞧人的女主管，我便從紅色小提包裡掏出我的第一號通告，擺到她面前的桌子上，對她說：「拿這個作抵押，想必夠了吧！」等著她讀完之後，我再收起這通告，並對她這臭娘兒們說：「勞駕！我的結婚證書一個月後拿來給您看。」

14

這是一段美好時光。我每週一次去利本尼看我那親愛的博士。每次我都給博士帶去一平底鍋菜飯。是大廚親自幫我準備的。博士這段時期總是笑容滿面，他總是裝作胃口極好地用勺子吃著巴黎飯店的這些菜飯。有時那位愛乾淨的太太從金鵝飯店帶一鍋菜飯給他，每當她那一平底鍋菜飯交給他時總要說一句：「這是給博士您的，嘗嘗吧！」這期間博士總是笑顏逐開，經常冒出啤酒和燒酒味。他在家裡待不住。莉莎對我說，博士老是提著個包在利本尼一帶逛，說是採購東西，其實是從一家小飯館到另一家小飯館，總由波比陪著他，每個地方的人都已認得這條波比，莉莎不得不在牠每次回來時給牠洗澡，因爲牠也一身的啤酒燒酒臭味兒。莉莎對我說，博士已經安分多了，不再在家裡舉行他那些家庭聚會窮吃猛喝，主要是他的朋友們已不再往他那兒跑了，記得他們有幾次在院子裡碰見我，便立即消失不見。博士的那些朋友恐怕不怎麼喜歡我；我只要看他們一眼，他們就有點兒臉紅，講話便結結巴巴的，不自在了……

在這段美好的時期裡，我常去裁縫師傅那裡，訂做結婚禮服。沒什麼特別的，就像辛普森與英國王子結婚時穿的那套禮服一樣。每當裁縫師傅跪在我面前一次又一次地重新量試樣衣，比劃尺寸時，我都要臉紅。在這段美好的日子裡，有一天我去預訂結婚戒指的大小，我知道博士沒錢買這東西，讓我感到爲難的是不知怎麼給他錢，好讓他去付買戒指的帳時試試大小。

有個星期天我們一道去寧城，當我們在火車站一下車走在小鎮的街上時，博士便擔心遇上他從前的戀人們，這我馬上看出來了。遇上是個禮拜日，人們在廣場上散步、閒溜達、看著錶，向博士問好。我面帶微笑，對人們點頭致意。然後我們來到跨河的橋上，河風吹拂著我。到這裡我才四下裡環視了一下，看到遠處的啤酒廠。透過橋柵欄看到一座帶小塔的城堡。這小城堡呈米黃色，遠處那座啤酒廠也是米黃色的。我的未婚夫這時才挽著我的胳臂。他穿著灰色長褲、灰色毛衣，健步而行。我注意到，他穿了雙帶孔鹿皮鞋、白襪子。我們一過橋，便拐彎走到河邊，沿河堤往前走。我又開始發抖，眼裡含著淚水，我感覺到我的臉在發燒，可是我手裡拿著一把鮮花，這使我增加了勇氣。我的未婚夫又沿著河堤台階跑到河邊，按他的老習慣又捧上滿滿一捧水澆在臉上。等他再跑到小路上，便深深地呼一口氣，勉強笑了笑，聳聳肩膀，彷彿說無可奈何，見了水就得意忘形。

後來我們見到河岸上的一座別墅，紅色鐵絲籬笆，還有一扇門，我的未婚夫摸到掛在門後的鑰匙，打開門，他有點生氣，因爲有幾隻老母雞在蔬菜水果園裡亂扒拉。一位鬈髮太太從台階上走下來。根據突出的面頰骨我馬上認出這是我未來的婆婆。她將手伸給我，露出了微笑。我將花獻給她，忍不住流淚了。我們互相擁抱著。我的未婚夫在大聲吼著驅趕那些母雞。母雞不該進菜園子的，他把母雞們趕到籬笆前，抓住牠們便往籬笆外扔，然後才踏著台階走向我們這兒來。媽媽領著我看房子，到處都是陽光和鮮花。後來媽媽將我帶到餐廳，她對我說這是一套貴重傢俱，是很早以前她從布爾諾的烏普廠買來的。我便說，我爸爸正好是這烏普廠的首席顧問，他曾爲烏普到全世界去挑選木材；我還說這套餐桌是用核桃木做的，這核桃木是爸爸從黎巴嫩或者高加索某個地方買來的。我的未婚夫跟在我們後面，他有些神經緊張。突然又跑到園子裡澆了一會兒水，然後又給結球捲心菜鬆土，然後又從樹上拔下一個蘋果，跑進來樂呵呵地交給我，說這是萊茵特蘋果，並突然牽著我的手，把我拉到園子裡，領著我從一棵樹走到另一棵樹跟前，對我說出所有這些蘋果的品種名字，這是幾年前他親自種下的。他先將他親自種下並爲其鬆土的包心白菜指給我看，接著又將從啤酒廠移植到這裡的牡丹根指給我看，後來將我帶到園子裡，那裡有位老先生正站在一大堆形形色色的零件中間忙東忙西。沿著花園的籬笆有一長溜小工具棚，院子裡立著一輛卡車的破爛殘骸，破卡車旁是一輛舊雪鐵龍。

我對這雪鐵龍舊車怎麼也看不膩，它彷彿在魚塘裡泡了多年，車座套已經褪色，既破舊且灰塵很厚，車子的門窗都生了鏽。一個棕紅色頭髮的女人跪在那雪鐵龍車前面，她塗了口紅，用一個鋼刷在專心一意地擦著鐵板上的鏽。當這位老先生朝我的未婚夫看了一眼，當這個邊擦鐵鏽邊抽煙的棕紅色頭髮的女人從煙霧茫茫的鏽塵中抬起頭來張望的時候，我的未婚夫忙介紹說：「這是我爸爸，這是我的弟妹瑪爾達……這是我的未婚妻。」

爸爸想把手伸給我，可是手上有油；瑪爾達對我莞爾一笑，將胳臂伸給我，爸爸也將胳臂伸過來讓我一握，便接著繼續他們的工作。爸爸在裝配一輛相當破舊的斯科達汽車，他滿腔熱情地向我介紹說，直到現在這輛斯科達才像個樣兒，等到把那些破爛車椅罩去掉，套上新罩，那該有多讓人歡喜！等到車身重新噴成深藍色，那該有多高興啊！說等到他再開車到科斯莫諾西去串門子，他在那裡的朋友們、機械師們雖已退休，但一直還會幹那些誰也不懂的活兒，他們會幫他維修一下汽缸的……

有個戴貝雷帽的男人拄著拐杖來到院子裡，從他的臉上可以看出，風華正盛的年華已逝，他曾盡情地喝過、愛過、失望過。他將手伸給我說：「您叫我布熱佳吧！請記住，誰想進到咱們這個家，就得入鄉隨俗，好比柯拉什家的奧拉涅克說的那樣。」他說完便踉踉蹌蹌走到車子那裡，用拐杖指給他的老婆瑪爾達看，哪些地方還應該擦拭。他用拐杖指點著，面帶微笑。可是他老婆惱火他這樣，瞪大眼睛嚇嚇他說，她要用這個鋼絲刷收拾她的老公……後來我便毫不驚奇地看到，有個小老頭兒走進了院子。他皺了皺鼻子，如履薄冰般小心翼翼地挪著步，一步一步地慢慢走。他頭戴一頂禮帽，橡膠領子，打著蝴蝶結領帶，將刮臉皂刷和剃鬚油放在一張滿是油污的方凳上，然後將刮臉皂刷沾溼了，在臉上抹了些肥皂。我已經開始明白，我現在在哪裡了，不禁鬆一口氣。當我看到，那位老人不僅將肥皂抹在臉上，而且抹在大衣領子上、襯衫上，在蝴蝶結領帶上抹的肥皂比在脖子上抹的還要多時，誰也不感到驚奇，只有布熱佳說了一句：「貝賓啊，你將毛衣也抹上肥皂吧！」還用拐杖指了一下，可是貝賓大伯，對，這就是貝賓大伯，瞧了我一眼，皺了皺鼻子說：「您是誰呀？」我攙著他的手臂說：「我叫艾麗什卡，同博胡什㊸一道來到這裡。」

「原來是您啊！我熱烈歡迎您！他們說您曾經到維也納去上過學，是這樣嗎？這可是世界上最美麗的城市啊！我在那裡服役的時候，它比現在還要更漂亮些，因爲我在皇上那兒服務過，他有最棒的軍隊，一次敗仗也沒打過，因爲……」

㊸博胡什是赫拉巴爾的名「博胡米爾」的暱稱。

「可是你們最後被打敗了！」布熱佳說。

貝賓大伯繼續往他的臉上、領帶上、大衣領子上抹肥皂，誰也不去阻攔他，我的未婚夫甚至興致勃勃地看著他，感到很開心。當貝賓大伯大聲喊著：「你胡說什麼！我們打贏了所有的戰役，我們光榮的軍隊打到哪裡，就贏到哪裡！」貝賓大伯大聲吼著，在鄰居家的地坪上，在果樹林中的小別墅那兒，有人惱怒地關上了窗。貝賓大伯拿起刮鬍刀，開始修起臉來，可是肥皂水已經乾掉，刀片又很鈍，貝賓大伯的手有點抖，實際上他只是在乾了的肥皂泡沫上刮了刮，白鬍渣子原來有多長仍舊有多長。可是誰也不去管這些，誰也不說什麼。只有布熱佳幫他刮了一頓，差點兒沒扎著大伯的眼睛。他還指給大伯看哪兒還得再刮一刮。我的未婚夫對他表示稱讚，他摸了摸大伯的臉，稱讚大伯的臉刮得眞光滑，稱讚他多麼會修臉。貝賓大伯流著淚重複地說：「不錯，您上的是奧地利學校，受的是奧地利的紀律教育！」還是媽媽幫了我的忙，她來叫我去幫她布置這星期天的午餐。

我們打開折疊桌，媽媽蹲下來，打開餐具櫥，在充滿陽光的餐廳裡將一套漂亮的碟子交給我，並驕傲地對我說：「您瞧瞧！這是賽夫勒產的瓷器，夠十二個人用！可是跟我這寶貝兒子在一起，您可沒有輕鬆的日子過啊！」媽媽說著將勺子、小刀放在這些賽夫勒碟子旁邊，「因爲他從小就是、直到現在仍然心不在焉。家裡對他來說就是地獄，只有睡覺才回家來。他從早到晚在波爾納逛，全鎭的人都認識他，因爲他今天在這個人那裡，明天在另一個人那裡，他的心總是在別處，而不是在他正待著的地方。我說呀，您跟他在一起可有您的好日子過哩！他甚至從我們這兒逃跑過兩次，光在波爾納閒逛對他來說還不過癮，他有一次坐火車跑掉了，後來又一次坐卡車跑掉了，待在大木桶裡！在那個啤酒廠裡。從他六歲，開始上學起，連作業也要在外面寫。在椅子上，在屋頂上，在各個地方，就是不在家裡……」

「你說什麼呀？」院子裡傳來貝賓大伯的喊聲，「奧地利軍隊打贏了每一仗！在弗瑞赫爾・馮・胡赫雷爾的領導下，在聖餐節㊹那天開進了被解放的普舍米什爾。」媽媽聽了嚇一大跳，連忙打開窗戶對下面喊道：「大伯，我的老天爺，請您別這麼嚷嚷了！今天是禮拜天，又快到中午了！」媽媽後來帶我走過餐廳，將牆上的畫指給我看，接著說：「這是安東寧・弗利德畫的達塔爾山脈，是油畫原作。可是就像我說的，您跟他在一起不會有輕鬆日子過。當貝賓大伯在釀酒廠幹活時，我的寶貝兒子跟他住到那裡去了，只

㊹天主教節日，通常在復活節後的第六十天。

爲了不必住在家裡。有時天黑了，我們找不到他，他總是待在牲口棚裡。他寧可與牛交朋友，也不肯待在家裡。聽我說，您和他在一起過日子呀，可絕不會是件輕鬆的事兒……這是沃卡萊克教授的一幅色粉畫，森林邊的黑麥捆。可是到頭來他非待在家裡不可時，他便總是皺著眉頭板著臉氣鼓鼓的。趕上外面下雨、下雪、刮大風，他只好待在家裡，可是等我們要去睡覺時，卻又找不到他，他竟然鑽到床底下睡覺去了，我們不得不把他拉出來。我幹嘛要把這些告訴您呢？因爲我和這個寶貝兒子在一起待了四十多年，現在，就像他對我說的，現在讓您去生他的氣吧！」院子裡又傳來了貝賓大伯的喊聲：「什麼？希特勒在俄國輸了個屁滾尿流？可是奧地利軍隊肯定能打敗紅軍，占領史達林格勒！」

媽媽立即從窗口探出身子，我看到她嚇得要命，倒不是因爲貝賓大伯聲音太吵，而是因爲他所講的內容。而且是在院子裡，又是個禮拜天。她連忙喊道：「大伯，我的老天爺，我會惹麻煩的！您在那兒嚷嚷什麼呀！這樣會把您、把我們都關起來的。他們會說您在這兒散布反國家言論。」然後媽媽像對別人解釋什麼似的，將手挨著嘴巴，好讓聲音大一點兒對著一個什麼地方說：「他的腦袋在戰爭中受過傷！」媽媽費了老大的勁才從被穿堂風猛吹著的窗簾那邊鑽出來，幸好摸到一把椅子，連忙坐到上面，邊鋪平那桌布邊說：「您不知道呀，我這寶貝兒子曾經也跟貝賓大伯一個樣哩！『五一』節那天，他上午就從廁所裡舀些糞水去澆他的蔬菜，弄得人家加倍地討厭他。因爲他經常沉溺於幻想，也就是心不在焉。念大學的時候，他開始寫詩，整個人就像丟了魂一樣。連他談的那幾次戀愛也都那麼可笑，因爲那些姑娘都已經上我們家來了，已經快要算未婚妻了，可是我們這位少年卻總是在夢幻中生活，像被割了舌頭似的沈默不語，而且總是心不在焉，總是在別處，只是不在家裡，不在這些姑娘那裡，因此後來她們都把他甩了，因爲您自己說說看，跟這麼一個像患了夢遊症一樣的男人在一起怎麼過啊！……他一直是這樣，我這兒子最樂意待在他恰恰不該在的那個地方……您瞧他認識的那麼多人，他的職業，從公證員開始，然後總換職業，住房也是這樣。我那寶貝兒子啊，恨不得天天去睡旅館，一天換一個地方，這就是他的生活。一九四八年一來，他工作的那家批發公司停止營業了。他也不再從一個城市坐車到另一個城市這麼東奔西跑了……我呀，跟您說句掏心掏肺的話吧！我那寶貝兒子有點像我那樣。我以前只想當個演員，一心只想演戲，結婚以後還是這樣，可是我沒有這麼大的能耐，我不善於東奔西跑的，像我兒子那樣……不過我們大概該吃午飯了。」

媽媽仔細聽了聽：爸爸在外面已經停止重捶敲打擋泥板了，院子裡也停止了用鋼絲刷擦拭車身的聲音……媽媽站起身來，本想繼續給我介紹下一幅畫，可她揮一下手，說：「注意！您還得跟他享用那火！這是他的特殊愛好，火，生火，他總也離不開火。他在日德尼采他外婆家裡，曾經燒著了窗戶上的簾子。在這兒的啤酒廠裡，在山谷裡有所破木屋，裡面有個爐灶，他於是成天到那兒去生爐子。大概是巫婆節那一天吧？一失火，父親就得替他賠款付錢，他燒毀了乾草房，點燃了一堆篝火，結果燒焦了李子樹，燒著了舊草坪。烈火躥到一片小林子那兒，那次大概是在菲利浦・雅庫普節夜裡吧？他像著了火的掃帚一樣瘋跑，每次都把帽子燒壞了，每次連鞋子也被燒壞，有兩次燒著了他的頭髮……還有，我差點兒忘了說水！水，有您可享用的！這也是他的一大愛好。他總愛待在水邊，淹過兩回。結冰的時候，他總愛去浸一浸鞋子和衣服，結果有一次穿著新衣服掉到冰水裡，那件海軍藍的冬棉衣是花了六百塊錢買來的哩！他穿著那件棉衣掉到結冰的河裡去了。後來他穿著這件棉大衣又靠在電影院的爐子上，把這麼貴的一件大衣燒壞了。他是怎麼念大學的？我不知道。他只愛待在水邊，從春到秋，老去游泳，沒有一點兒規矩，只知道游泳、曬太陽。他怎麼唸完法律，我不知道。跟他在一起有您受的……他還愛喝酒！從四歲起就從葬禮、婚宴上喝醉回來……後來家裡有什麼可喝的他都給你喝個精光，念大學的時候，總是在參加什麼社交娛樂活動之後喝醉了回來。清醒的時候，倒還蠻謙虛，只要三杯啤酒下肚，或者喝一小杯白酒，便認爲自己是世界冠軍、頭號人物，膽子便大了，馬上就得去冒犯人家，嚇唬人家……要是一時控制不住自己，您知道會有什麼下場？」

院子裡又傳來貝賓大伯的喊叫聲，他簡直是在咆哮：「你說什麼呀！奧地利軍隊從來就是贏家。這樣揚名四海的軍隊肯定能打敗俄國人，肯定能大獲全勝！」

媽媽嚇了一跳，她將窗簾使勁往旁邊一撥，將手放在嘴邊衝著某個方向大聲說：「他想的是沙皇俄國，沙皇！」

可是貝賓大伯在接著嚷嚷說：「哪兒的話！這些俄國人也能被奧地利軍隊打敗，因爲皇上的軍隊能擊敗所有的敵軍！」後來，爸爸已經走進餐廳，瑪爾達緊隨其後，他們兩人原來在院子裡是什麼樣子，現在仍是什麼樣子，瑪爾達滿臉微笑，全身覆蓋著薄薄一層鏽灰，只是洗了手。爸爸的那一身像被電車碾過似的那樣髒，只是他那雙手洗得乾乾淨淨的……隨後進來的是布熱佳和我那位攙著貝賓大伯的未婚夫。

媽媽給大家舀湯。她只說了一句：「您又嚷嚷來著，像來了一隊騎兵似的。」貝賓大伯聽了這話還特別興奮，微笑著向媽媽一鞠躬說：「是嗎？」我卻在盯著博士、我的未婚夫，我打心裡高興媽媽把他的一切都說給我聽了；我還高興，在我們尚未實現的婚姻生活中，我知道，我將探聽到他的許多秘密。……我們大家互說「好胃口！」之後，勺子碰得賽夫勒瓷盤叮噹響，布熱佳第一個喝完湯，好像是一口氣喝光的，一下子就消失不見全下肚了。布熱佳只是輕聲說了句：「你們打不贏！」貝賓大伯便又嚷嚷起來：「我們準贏！」可是他一咳嗽，一塊饅頭掉到喉嚨裡去了。我的未婚夫連忙給他捶背。貝賓大伯又是咳嗽又是打噴嚏，到後來一個大噴嚏打得臉都埋到湯盤子裡了。媽媽趕快把那珍貴的賽夫勒碟子移開。爲保險起見，立即關上了餐廳的窗戶。我看著媽媽已經平靜下來，用手掌驅散了貝賓嚷聲的陰霾，重又朝我溫柔地微笑著。因爲大概在這種狀況下除了微笑、微笑，別無他法。

我想起碧辛卡姑姑從維也納給我來信，想起了她說的奶油蛋糕。於是我也笑了笑，點了點頭，我抬起頭來，面帶微笑望著帶有五個漂亮燈托的黃銅吊燈，一切煩惱和不悅都煙消雲散。爸爸趁機回到院子裡，從那兒又傳來沉重的榔頭捶打聲，儘管時間短促，他又對著那塊破舊的擋泥板敲打一番。

我收拾起湯盤，我的未婚夫用紙巾在給貝賓大伯揩臉，媽媽端來一大盆熱氣騰騰的饅頭片，走到門口便微笑著輕聲說了一句：「你們打不贏的！」貝賓大伯從椅子上跳起來，大聲吼道：「我們準贏！取得輝煌戰果！」他的肩膀撞著了媽媽的饅頭盆，媽媽好不容易抓住了它，可是多半的饅頭片卻掉到了地毯上。我的未婚夫連忙拿著小鉗子，撿了滿滿一碟，後來我又和媽媽跪在地上撿起剩下的這些饅頭片。爸爸走進來，朝我笑了笑。可是我看得出他的心還留在院子裡他那輛斯科達汽車旁邊，他甚至擔心要談話，他儘量不參與交談，免得脫不開身。媽媽像什麼事也沒發生過一樣，用手指將饅頭片分送到各人的碟子裡，當她把第三片饅頭片分送到我碟子裡時，我點點頭，表示夠了。後來她給我澆上肉汁，夾上一塊牛里脊肉。大家又狼吞虎嚥地吃起來，還沒等我吃第二片饅頭片，布熱佳已經吃完，擦擦嘴，站起來，一拐一拐走到窗子前。我不得不承認，我的未婚夫博士說得對，這牛里脊肉好吃極了。我沒有不好意思，又添了兩片饅頭片和肉汁。連我自己都嚇了一跳，要不是因爲有點兒害羞，我還想再添一點哩！隨即，大門被推開，一位小姑娘走進餐廳來鞠了一躬，並請求媽媽說：「太太，能把貝賓大伯借給我們一下嗎？」

媽媽說：「能啊！可是幹什麼？」

小姑娘說，貝賓大伯又將在堤壩上給像她這樣的小姑娘們講性保健學。實際上是接著上次在河堤的那堂課往下講，上次他講到健康的體魄和性器官是男性幸福的保障。貝賓答應她們接著講巴蒂斯塔的著作，關於放縱的性生活的後果……媽媽說可以，不過要小姑娘用手牽著他，因爲他已經眼睛不好，說他講完課，要她再把大伯送回來，交到媽媽手裡。

貝賓大伯笑嘻嘻的，當小姑娘溫柔地牽著他的手時，他說：「又是我贏了。爲什麼？因爲我上的是奧地利的學堂，在世界上最棒的軍隊裡服過役，跟皇上交過朋友。……」在大伯離開之前，爸爸便已經走到院子裡繼續捶捶打打，敲他的擋泥板去了。弟媳也走出來，繼續用鋼絲刷子擦拭汽車冷卻器上的鐵鏽。布熱佳從窗口望著那小姑娘領著貝賓大伯走出大門。我的未婚夫說：「媽媽，您眞是所有莊園的主婦冠軍，我已經很久沒吃到這樣可口的牛里脊肉了。現在我們要到外面去溜達一下。」

15

當我們從通道走到院門口時，有個人把手伸進柵欄裡，用插在門上鑰匙孔裡的鑰匙打開了門，一個戴眼鏡的漂亮女人站在了我們面前。她站在那裡，望著那臉紅了、眼睛看著地上的博士，那位戴眼鏡的、有些發胖的女人臉也紅了，甚至臉上現出了雀斑。她就這麼站著、望著地上說：「您要結婚了？」我的未婚夫點點頭說：「是！」那胖女人又指著我問道：「這位是您的未婚妻？」我的未婚夫低聲說：「是！」那位紅著臉、如今已淚水盈眶的女人低聲說：「那就毫無辦法了，那就祝你們婚姻美滿吧！祝你倆永遠幸福……」

她站在通道上，盯著地上鋪的方石塊看，好像那裡有什麼讓她特別感興趣的東西，她望著那些方石塊。這些我都瞭解，也都痛苦地體驗過。這些方石塊，每一塊方石磚都是那如今不知所措的女人抓著的救命稻草。從前當我心愛的人伊爾卡在他的崇拜者面前羞辱了我，當我站在那裡，他從我身邊過並看見了我，卻裝作視而不見時，我也曾站在那裡像被閃電擊中了一樣地盯著地面，他卻嘻嘻哈哈笑著同他那些妖精們跑到某間咖啡館去了。在我別無其他選擇，只能回家痛哭一場的情況下，我也曾經這樣盯著地面呀！……

後來，我們走到河邊，對岸的白楊被風刮得刷刷作響，我們朝有陽光的地方走去，博士時不時要捧些水來洗臉。正值九月，太陽像四月天那樣照射著，沒法直視著它。河對岸不僅有小孩而且有大人在游泳。我的未婚夫浸得周身溼透走回來時，樣子又顯得老態了些，我仍舊微笑著，因爲我已經這樣經歷過一切。我爲這個女人深感抱歉。我害怕她的那感情、那眼淚，特別當她望著她過去的情郎時臉上冒出的那些雀斑。我們走到河邊時，我回頭張望一下，她仍舊站在門旁，眼裡閃爍著淚珠，但是又有什麼辦法呢？

我們沿著櫻桃園邁著步，在鐵橋下面已經變得昏暗，一輛貨車轟隆隆地開過去，鐵橋被震得直晃動，轟隆作響，震耳欲聾。我們穿過了陰影，等到我們走出來，見到的只是陽光、水和綠色的小柳樹，通向遠處的小河。

我的未婚夫對我講述著，實際上也不是對我講，而像是自言自語地傾訴，免得去想那個戴眼鏡的女人。他對我說著：從這裡，如何從河上刮起一股大風，碰上他去學校時，走到啤酒廠那轉角便不得不往回走，要不然狂風可能把他刮走，刮到田野上，刮到河裡。天氣好的時候，他常在這條河裡釣魚。他說，釣的都是小魚，因爲他愛吃小魚。他說，他總是釣許多小鯽魚，至於小銀魚，想要多少有多少。媽媽用油煎一煎，捲上酥卷餅。「我最愛在這些小柳樹旁游泳，這裡有沙灘，我常在這兒曬太陽。我上大學的時候，常常腦袋枕著刑法法典曬太陽。我能夠什麼也不做，只是這樣躺著曬太陽，一個勁兒地游泳。這水呀！只要我一投入它，那印象總是那麼難以忘懷，它總是我的至愛。只要我能游，我就得游，游泳使我心醉神迷。」他說一會兒話便又跑到河邊捧水洗臉。我一直微笑著，我很高興自己能傾聽這個男人的敍述，而且馬上能知道，他爲什麼這樣一個勁兒地說，只爲了漸漸地平靜下來，消除那個戴眼鏡的女人帶給他的驚嚇，我知道，他還會繼續對我講述下去。其實，他要是沈默不語，可能使我更好過些，因爲他越說，我越覺得他還在愛著那女人。

當他又洗過一次臉之後，我們走過一條田間低陷的小路，沿著一排野玫瑰叢朝啤酒廠走去。我的未婚夫對我談起他還是個小男孩的時候在啤酒廠的情景，如何用氣槍打鳥。「您瞧，」他大聲喊道，「整個這座啤酒廠周圍有一道牆，牆四周是一圈樹，樹上有成千上萬隻鳥，什麼山雀呀，綠金翅雀呀，鴉呀，鶇呀，燕雀呀，冬天還有金翅雀……我射擊過，不知道爲什麼，我常常站在那裡，手裡拿著被射中的鳥，爲牠哭泣。可第二天又站到那裡去瞄準，隨即另一隻鳥又慢慢墜下，我從來不相信是我擊中的鳥。即使我瞄準牠，只是砰地響了一下，我不相信鳥兒會因爲這一聲響而致死。我又將牠抓到手裡哭了起來。其實您自己在大門口也看到了，連我自己也沒想到，我會如此地傷害某個人。就像我在釀酒房和發酵室下面多次射擊鴿子那樣。那些母鴿就住在屋頂架下，還帶著小鴿子。我又站在那兒瞄準著，我鬼使神差地非瞄準不可，非扳動扳機不可，結果我又不得不看著鴿子掉下來，氣槍的力量不夠立即將鴿子擊斃，小鴿子一瘸一拐的，像山鶉一樣垂著翅膀，我不得不抓住牠，臊得滿臉通紅地將牠掐死。又好比那些被我放走的鴿子，牠們也拋棄了我，如今又飛了回來。」

後來，我們就站到啤酒廠的大門口了。我感到奇怪的是，不管我往啤酒廠的院子還是花園裡看，到處都是一片混亂和凄涼，幾乎所有一切都不像我未婚夫曾對我講述的那樣。根據他讚頌式的描述，我原以為啤酒廠像個植物園，是一座宮殿，廠裡所有的一切既漂亮又典雅。可是，當我的未婚夫對我說要進去看看時，我這會兒寧可做其他事情可就是不想進去。我對這座啤酒廠很反感，倒不是因為這裡意味著他，我未婚夫的往昔，而是我被我在那裡見到的情景嚇住了。而他卻從那裡看到了完全不同的東西，根本沒有的東西，大概因為他除了由眼睛回憶起的東西之外還可能看到任何別的東西，正如諾瓦利斯㊺所說的：回憶是第二個現在。隨即他走進了啤酒廠，我跟在他後面。我們走過一排窗子前的小花園。這個小花園荒蕪得彷彿啤酒廠裡早已沒人居住……他指給我看：那裡種的是黃楊，那裡種的是花，沿著籬笆曾經是一排榛子樹，每逢春天，榛子樹下盛開著千萬朵雪花蓮和雪片蓮。他將一座長形房子的牆指給我看，還告訴我哪個窗子是他曾經住過的房間。不過這些窗子跟過去的已經不一樣了，已經是不久前嵌進牆裡的那種現代式樣的，連窗框都沒有上漆，原來是米黃色的牆壁如今只抹了一層石灰。於是我們便沿著這光禿的房子一直走到我未婚夫指給我看的又一個地方：哪裡曾經是溫室、蒸汽室。哪裡曾經種過菜，哪個牆邊曾經是小樹，沿著哪一面牆壁延伸著葡萄藤，可如今只亂七八糟地散著些汽車零件，上面長滿了濱藜，這些濱藜勝利地占領了這個曾幾何時消失的蔬菜園，甚至整個啤酒廠。我們走到院子裡，過去我未婚夫曾經告訴過我這裡有李樹和萊茵克洛德李樹的林蔭道、核桃林蔭道、蘋果樹林蔭道、梨樹林蔭道和櫻桃樹林蔭道，如今那裡只剩下幾棵乾枯的老樹，它們再也沒法生長了，因爲有些機械的零件壓在它們的根上，就像有架飛機墜落在這裡，有幾部發動機躺在這裡，直像那些濱藜以勝利者姿態占領了這裡一樣。可我的未婚夫還領著我往前走，他將他媽媽的燻肉爐子指給我看，然後又將布熱佳養過鴿子的地方指給我看，誰也沒有過像布熱佳養的那樣的信鴿，

㊺諾瓦利斯（Novalis, 1722-1801），眞名爲弗里德里希·封·哈里貝格。德國早期浪漫派詩人。

也沒有我未婚夫養過的波蘭種鴿。我未婚夫說，在他小時候，他們家的燻肉爐子就安在那裡，附近就是養家禽的地方，女傭在那裡飼養鴨、鵝，我這位寶兒爺一下給我講起養鴨的事來。毫無意義地給我敘述女傭怎樣給鴨子餵食，說在給鴨子換水之前，先讓鴨子跑動跑動。有隻鴨子便一直走到箍桶師傅太太的窗子底下，鴨子呱呱一叫，箍桶師傅太太便給牠打開門，鴨子走進通道，後來甚至走進她的住室，那太太給牠點兒吃的，於是每天如此。氣得媽媽讓女傭把牠宰了。女傭將牠的脖子一擰，讓嘴尖挨著胸脯，往牠脖子上割了一刀，然後走開去看看燙鴨毛的水是不是已經燒開。可就在這一會兒，鴨子站了起來，因爲沒有殺死，牠沿著箍桶師傅太太家的窗下走去，她給它開了門，鴨子在通道呱呱叫了幾聲，當牠一走進她的房裡便死掉了。師傅回家時，只見他的太太暈倒在地，面前躺著那只沒有宰利索吊著脖子而又已經斷氣的鴨子。……我雙手抱頭，說：「我的老天爺，你給我講這個幹嘛呀？」

這時，一個滿臉怒容的人朝我們走來，他穿著守衛制服，生氣地說：「你們在這裡幹什麼？」我的未婚夫歡呼起來：「這是我呀，舍巴先生，您還認得我嗎？您好好看看我吧，我不是住在這裡度過了那些最美好的時光嗎？您也在這裡住過，住在工人宿舍呀！」

「不錯！我曾經住在工人宿舍，您卻住在四房一套的小洋樓裡……喂，這裡沒有您什麼事兒，您到底怎麼進來的？誰讓您進到這裡來的？」

我的未婚夫還是那麼熱情滿懷，「我是來看看我曾經非常熱愛、如今仍舊喜歡的地方，我從六歲起就住在這裡，四分之一個世紀我都是在這裡度過的呀！」

「這裡沒您什麼事兒！您們有自己的別墅，實際上您已經闖入了國營企業的地盤，您不是想在這裡放一把火吧？您身上帶有火柴嗎？我得檢查一下，因爲這樣我才可能制止犯罪。給我看看！您要是不願意，我便叫員警來好了，讓員警來搜您的身吧！」

我望著這情景，微笑著。當我的未婚夫舉起雙手，守衛在翻他的口袋，看他有沒有帶那可能點燃啤酒廠的火柴時，我簡直有點兒竊喜。「如今我跟您說：您沒有帶火柴。但您也得趕快離開這裡。既然您已同您的父親帶著恥辱離開了這裡，您就別再來這裡。難道你們還不死心，還要到這個您們曾經是主人，我們這些工人手裡捏著帽子向你們俯首鞠躬的地方來？」

於是我們走出啤酒廠的大門。我的未婚夫因受辱而全身哆嗦。我知道他再也不會進這個門了。「憑什麼還要到這裡來呢？」我暗自說。我有一次也這樣走去看看我們家的別墅，也是這樣被攆了出來。我去過羅辛納，如今我們那別墅已經變成了剛會走路的娃娃們的幼稚園。當我向大人們解釋說我是誰，我只是來瞧瞧，沒有別的目的，只是瞧瞧然後悄悄忘掉而已，他們還是把我攆了出來……

然後我們拐了彎，沿著啤酒廠的圍牆往回朝著下面的小河走去。在那裡的堤壩上老遠就聽得見貝賓大伯在嚷嚷巴蒂斯達著作的性衛生學，小姑娘們圍他坐著在聽他講授。可是我們已經走在嵌著方塊石頭的走廊上，媽媽站在大門口跟一個人在談話，院子繼續傳來榔頭捶打聲，爸爸大概在弄平他的第二塊擋泥板；我還聽到鋼絲刷繼續而且更猛烈地在擦拭著車殼上的鐵鏽。我們走過人行道旁的一座別墅，我未婚夫不久前被門房攆出來的那座小樓前面的一座小樓。突然，我一轉身，看到我們剛剛經過的那座小洋樓的一個窗口，有人用手指撩起窗簾看著我們，如今它移動了一下，我發現，原來是那個憂傷而美麗的女人站在窗簾後面，如今她的眼鏡閃爍了一下，她悄悄地望著我們，望著我的未婚夫。我邁著步，輕盈地邁著步，我儘量使自己走得自然些，在她鏡片的閃爍中我看到自己的身影，我的衣服、我的鞋，幸好我還將自己打扮了一番，根據最流行的樣子，幸好我昨天還去理了個髮，重新做了一下我那男孩髮型，這是女籃運動員和工讀學校的女孩常理的那種髮型……

16

太陽下山了。吃飯時我們默默不語，大家都有些累了。小姑娘不久前將貝賓大伯送了回來，甚至還行了個屈膝禮。貝賓大伯容光煥發，昂著頭，喜滋滋的說：「棒極了！我們家至少還出了個有點瘋癲的人，思考問題有點像我。爲什麼？因爲我是歐洲文藝復興的崇拜者。我跟歌德或者莫札特一樣在腦子裡有著同樣的體系。」布熱佳已經穿了件乾淨襯衫坐下來，耳朵附近的頭髮還抹了點髮油。現在我發現，布熱佳年輕一些的時候一定是個帥小伙子，他的領帶打得很不錯，甚至穿了雙發亮的昂貴皮鞋，連他的妻子現在也穿了件杏黃冰淇淋色的衣服。布熱佳說：「大伯，你知道嗎？要是那巴蒂斯達先生在河邊看見你怎樣給小姑娘們講解他的性衛生學一書中的選章，他不知會有多高興哩！」貝賓大伯卻坐在那裡，眼睛望著遠處哪個地方，流著眼淚，請求說：「布熱佳，只管接著往下講吧！只管接著講我的下一個勝利……」

然後我們告別，媽媽對我打著耳語說：「你們要是舉行婚禮，我不會來。我害怕那種混亂的婚宴，我的神經已經受不了，我們以後再在家裡舉辦一次。我只去過利本尼一回，我只去看望過一次我的寶貝兒子，我在那裡看到的，我從那個院子、那些個爐灶那兒回到家裡才緩過氣來，我在家裡大哭了一場哩。」

我們來到院子裡，爸爸打開了燈，繼續敲打著他的斯科達汽車。布熱佳驕傲地啓動了他的雪鐵龍，瑪爾達打開了車門，在這輛損耗得厲害的車子前座和後座上都鋪了毯子。我的未婚夫幫我坐到裡面。布熱佳坐到方向盤跟前，將汽車往後倒了幾步。瑪爾達抽著煙，瞇著眼睛，關車門的時候，煙霧直往她眼裡飄。……然後我們的車便在燈光下開動了。我們沒往車站開，而直接出了城，穿過好幾個村莊。布熱佳說他下午聽了支小提琴協奏曲。海飛茲㊻的音樂融進了他的靈魂裡。他甚至被海飛茲的音樂感動得哭了。這大概因爲奧德薩的猶太人都有著憂傷的音樂，奧伊斯特拉赫㊼和曼紐因㊽雖然都是提琴界大紅人，但對於布熱佳來說，小提琴之王卻是海飛茲。海飛茲演奏之專注就像布熱佳賭

㊻海飛茲（Jascha Heifetz, 1901-1987），立陶宛出生的美籍小提琴家。

㊼奧伊斯特拉赫（David Oistrakh, 1908-1974），享有世界盛名的前蘇聯小提琴家。

㊽曼紐因（Yehudi Menuhin, 1916-1999），美國小提琴家。

錢一樣。他曾經在賭場贏了很大一筆錢，於是就忘乎所以，後來把所有的錢都輸掉了，還接著輸，輸了便拿爸爸的錢去玩，想把輸了的贏回來，於是連屬於爸爸的錢也輸掉了……

雪鐵龍在公路上嘟嘟開著，前燈照明不佳，一盞照著壕溝，另一盞卻照到某根樹枝上去了。我和未婚夫互相抓得緊緊的，因爲坐毯搖搖晃晃，一遇上轉彎就有滑落的危險。布熱佳對小提琴協奏曲竟有這麼大的興趣，這眞讓我吃驚。我突然回憶起爸爸，在我們別墅裡也愛聽唱片，不是聽協奏曲，而是聽一段或一小段這種小提琴憂傷曲。我記得他有好幾張唱片，是棨迦利演奏的小提琴。有一次，爸爸從維也納回來，帶來一位客人，電影演員奧爾卡・切霍娃，那時她已有些年紀了，但風韻猶存，她在我們家整整住了一個星期。爸爸變得跟平日不一樣了。那位奧爾卡一根接一根地抽著煙，她有一個象牙做的長煙斗。她跟爸爸坐在男士房間裡，爸爸老是放著同一張由棨迦利灌的唱片：「小提琴呀，我的心……」我也聽了這支歌，它不僅讓爸爸和奧爾卡・切霍娃心碎，連我也深受感動。男士房間敞著門，我站在客廳，欣賞著棨迦利。等唱片放完，我悄聲地走動著，免得爸爸看見，我用眼角瞥見爸爸是那樣地激動，眼睛裡飽含著淚水，任其唱片繼續地轉呀、轉呀，唱針發出滋滋聲，一圈一圈轉著，刻在唱片中心的標籤上。可是爸爸卻熱淚盈眶，輕輕撫按著奧爾卡・切霍娃的手背。後來，等奧爾卡走了，爸爸回來，我便看了一下唱片的封套，不錯，上面印著紮迦利的立像，一個穿著燕尾服的小個子猶太人，有著一對憂傷的大眼睛，因爲他的心的的確確就是他的小提琴，那表情就像有人想要奪走那媽媽的孩子一樣。

雪鐵龍開進了一座燈火通明的小鎮，我的未婚夫說：「海飛茲，海飛茲，布熱佳，每一個猶太人都遭遇過大屠殺和大迫害，正如那些被天主教徒們將其從西班牙、經過德國一直趕到奧德薩的那些猶太人一樣。從一個世紀到另一個世紀都曾有過這樣的死亡歷程……喂，我借給你一本書吧，上面有夏卡爾的畫，他是維捷布斯克㊾的猶太人，雖然他畫的是他的愛情、他的女人和他的坐在煙囪後面的大叔們、他的牛和騾、他那開著鮮花的灌木叢，以及大把大把的花束，但是布熱佳，在他畫面的某個角落裡，總躺著一個大屠殺中被殺害的猶太人……夏卡爾善於用畫來說出這一切，海飛茲善於用小提琴來傾訴這一切……因爲猶太人好比橄欖，它們只有在被碾碎之後才散發出那最好的味道……

雪鐵龍在被燈火通明的櫥窗所包圍的廣場上停下來。人們在櫥窗前漫步。從某處傳

㊾白俄羅斯共和國維捷布斯克州首府。

來音樂。弧光燈俯照著大小房屋的屋頂，安著紅色尾燈的一輛輛汽車穿梭於廣場。我們坐在車裡，我的未婚夫對著布熱佳的耳朵輕聲講述，布熱佳專心地聽著……「這是一種革命，我們大家都親身經歷過的。但來了個佛洛伊德和他的精神療法。他以此向基督教徒們科學地證明：人的生命僅僅以性腺爲依據。於是佛洛伊德便毫無愧疚感地走到了基督教徒有著罪孽感的領域。而這就是猶太人對基督教的大屠殺和大迫害的報復。這時屋頂飛上了天，天花板陷進了地窖。在那裡，像在革命中一樣天翻地覆，像猶太人的書那樣，書頁往回翻，像猶太鐘上的指針一樣往回轉，就像海飛茲善於用小提琴傾訴的那樣，用震撼的音符道出了溫柔的啓示錄和莫大的憂傷感受……布熱佳，遺憾的是：我們的血液裡連一丁點兒猶太血液也沒有，不然的話，我們恐怕會把這個世界的背心都撕掉！」我的未婚夫笑了起來，並往布熱佳的背上擊了一拳……

隨後我們下了車，走過廣場。廣場上的波捷布拉特的伊希雕像聳入藍天，雕像後面可以見到大城堡的塔尖，城堡自下而上打著燈光。這是個美麗的小廣場、可愛的小市鎮。我印象中這裡保持了戰前的風貌。我們隨即進到一家娛樂場所，從地下室傳來舞曲音樂。衣帽間的人都向布熱佳招手致意。布熱佳遞了一百克朗給舞會池座售票員，他手一揮，示意不必找零。售票員朝他一鞠躬，連忙領著我們往地下舞廳走去，我們緊跟著他。服務員領班一見布熱佳，便跟他握手，將我們接過來，領著我們走過舞池，在一張擺有「預訂」牌子的桌邊入座。領班擺開凳子，讓我們坐下。我高興我們到了這裡，實際上我還從未跟博士一塊進過娛樂場所。柔和的燈光、鋼琴、吉他和打擊樂器組成的樂隊，一位穿晚禮服的小提琴手站在用小旗裝飾的樂譜台前，當他看見布熱佳，便對他笑笑，端起弓定了一下音，立即開始柔和地演奏起來。我感到十分驚喜，鋼琴和打擊樂器輕輕地爲小提琴伴奏著，吉他手細心地撫弄著弦。如今小提琴手慢慢地朝我們這桌走來，他弓著腰，濃密的頭髮分了個中縫，就像我們家唱片上的紮迦利那樣激情蕩漾地演奏著。服務員領班拿著酒瓶站在我們桌旁，他沒開瓶塞，卻在聆聽那憂傷的旋律。我們剛進來時，在我們鄰座上坐著的三位軍官正在歡笑著聊天，如今他們也沉靜下來，聆聽小提琴手演奏。瑪爾達在抽煙，她因我們這張桌子成了注意的中心而感到愜意。現在她右手扶著左手肘，煙霧不停地從她擱在嘴邊的指頭間徐徐上升。布熱佳激動不已，因爲小提琴手走到他跟前，彎身湊到他耳邊演奏。演奏完畢之後，布熱佳與他握了握手，轉身對服務員領班說：「多上兩杯酒，他們是我的客人！」隨後布熱佳站起身來，他還一直戴著貝雷帽，和小提琴手聊開了，顯然他們已是朋友，顯然布熱佳是這裡的常客，就像我所見到的，大家都很喜歡他……

接著演奏華爾滋，博士邀請我跟他跳舞，一對對舞伴在舞池中有節奏地跳著。

我對博士耳語說：「你這弟弟我還挺喜歡的。」而我的未婚夫苦笑了一下說：「他呀！這個布熱佳可受了不少罪呀！他那條腿從小就讓他受盡折磨，唉！一整年都只能在床上躺著。我們在地板上走來走去，圍著他躺著的床鋪轉，他卻痛得大聲喊叫，只能讓我們用車拉著他活動，正當我們活蹦亂跳踢足球的時候，他卻躺在小車上。有位名叫卡弗卡的大夫替他治療，將他的腿從骨盆那兒弄脫了臼，然後又幫他打上石膏，於是布熱佳又躺了半年，他不僅總得躺著或者由我們用小車拉著他走，而且打了二十公斤重的石膏。等把石膏取下之後，他還是老樣子。他們給他裝了矯正架，從腰間一直安到踝骨那兒。如今那矯正架放在我們家的頂棚那裡……後來他便能走路了，但得拄拐杖。他總是愛上一個姑娘，可是得不到小姐們的青睞，於是玩起紙牌來，只有在這方面他才大顯神通。他的玩法是這樣：要嘛贏上好幾千，於是便請整個酒吧、整個樂隊、所有客人的客；要嘛就輸個精光，連借來的錢也輸掉、連領帶也輸掉，一直玩到什麼也沒有爲止……

「所以才有這麼多情善感的眼睛；所以才喜歡小提琴協奏曲；所以，當他已經刮了毛準備接受紮哈拉達尼切克開始給他治療胯骨的手術時，他突然問了紮哈拉達尼切克一句：『紮哈拉達尼切克教授，您可以向我保證我能走路嗎？』紮哈拉達尼切克教授取下手套、摘下口罩喊道：『立即讓這小子出去！立即把錢退給他！立即讓他離開我的診所！』布熱佳拿了錢，一個星期之後才回家。他在布拉格先贏了四千，然後回到家裡，既沒有了錢，也沒做手術，我爸爸什麼也沒說他……」

音樂停止演奏，我挽著未婚夫的手，瞧了一眼我們那張桌子，領班又打開了一瓶酒，斟滿後遞給布熱佳品嘗，然後便接著斟酒，和布熱佳聊天。我的未婚夫接著說：「因爲布熱佳從小喜歡汽車，讓他開著一輛貨車運送爐子和蔬菜，他爲此而感到驕傲。當上司機，能掙錢了，有時他身上揣著兩萬克朗，但是輪胎一爆，這兩萬克朗便泡了湯。我這位老弟花起錢來就像發牌一樣，他老覺得如今有兩萬克朗，下個月甚至就會有三萬克朗。他也是這麼過日子的，到頭來我爸爸還得借給他汽油錢。……他那位瑪爾達也一個樣。她曾經是機關職員，但又沒法不丟掉工作待在家裡，因爲她想，既然布熱佳這個月掙了兩萬克朗，以後每個月就可能掙三萬，那瑪爾達還有什麼必要去上班？尤其他又愛吃醋，吃醋得厲害，有時還氣得患起急驚風來……瑪爾達在跟布熱佳結婚之前，曾跟一個歌唱家、合唱隊員談過戀愛。那人很年輕，跟鄰座上那些軍官們一樣有著一頭漂亮的鬈髮。」

「或者說，跟您一樣吧！」我說。

「對！」我未婚夫說。我們繼續在舞池裡移來移去。「布熱佳吃那歌唱家的醋，瑪爾達不得不待在家裡，免得碰上這位鬈髮美男子。再說，您自己也看到，不管是布熱佳還是我，我們都是帥小伙嘛！我認爲，庫珀㊿或泰勒㊿要是再長漂亮一點兒，也許就能像我和布熱佳一樣。這就有得可說了……」

在我未婚夫嘮叨的這當兒，我看了一眼我們那張桌子：布熱佳在那裡和服務員領班碰杯，講笑話，大家都在哈哈大笑，連鄰座桌上的軍官們也都舉杯做了一下與布熱佳和瑪爾達碰杯的手勢。他們在用眼睛尋找我，並舉杯對我作碰杯狀。他們在引誘我坐過去和他們一起喝酒。我於是拉著未婚夫的手，與他一起回到座位上。領班給我們斟滿葡萄酒，並解釋說：「如今習慣於不斷把酒斟滿些，好讓葡萄酒溢出一點兒。」我像專爲解渴似地大口大口喝著，因爲別的喝法我不會，只會用來止渴，所以我寧可喝啤酒。於是我們都舉著杯子在空氣中碰了一下。我們對鄰座的軍官們露著笑容、點著頭，他們也對我們齜著牙笑，一撮撮鬈髮垂在眼睛上。他們桌上已經擺了十隻勃艮地葡萄酒空瓶子。隨即又演奏了探戈，接著是華爾滋，演奏每一支舞曲時小提琴手都湊到布熱佳耳邊，布熱佳已經飄飄然了。軍官們的膽量也增大了，其中兩位站起身走到我們桌前，在徵得我未婚夫和布熱佳同意後，便請我和瑪爾達跟他們跳舞。布熱佳笑容滿面坐在那裡，瑪爾達臉色煞白，表情頹喪，不想跳，她一再表示抱歉，可是布熱佳對她喊著話，還用手示

㊿庫珀（Gary Cooper, 1901-1961），美國著名電影演員，兩次獲奧斯卡獎。

�51泰勒（Robert Taylor, 1911-1969），美國著名電影演員。

意，要她去跳一跳，高興高興，還喊著說她只有在跟一個年輕男人跳舞時才感到幸福，說這是她的一塊天地。瑪爾達隨他說，她挽著軍官的手，隨後跟他跳了探戈舞。我也跟一個軍官跳。他的淺色頭髮扎進了我的眼睛。這位年輕軍官一股酒味兒，在我眼前我清楚地看見他雪白的牙齒。他總笑，知道自己有口漂亮的牙齒，所以才一個勁兒地笑著。我覺得很高興，因爲我從沒料到能這樣。我暗下決心下次還來這裡玩，只要有時間，我們便僅僅、僅僅到這裡來……

我跳舞的時候，整個舞廳都在徐徐旋轉，在我的扇形視線內，我看見吉他手在朝我看，接著看到我們往下走進這舞廳的台階，然後是一張張桌子，一對對舞伴的背和臉。突然我看到了我未婚夫的臉，那麼嚴肅，一會兒又顯得那麼失落，一會兒又像從天花板掉到了這裡，手裡握著杯子，一飲而盡。我在轉著圈兒跳，一回頭，又見他斟滿了酒，又是一飲而盡。後來我們跳到了瑪爾達與她那位軍官旁邊。瑪爾達一臉嚴肅，眼睛裡含滿淚水，但她看到我跳得很起勁、眉開眼笑時，於是她也對我微微一笑。她那位緊緊貼著她的舞伴，將自己的女舞伴轉到桌子那兒、布熱佳跟前，他無緣無故對他的女舞伴一低頭，倒不是要吻她，只將自己那汗乎乎的臉輕輕地觸著了她的臉，他的鬈髮垂在她的臉上……布熱佳站了起來，用牙齒咬住舌頭，然後大吼一聲：「你這個婊子養的！臭婊子養的！」他舉起拐杖，可是年輕的軍官輕而易舉地奪下它，笑著抓了一下布熱佳的頭，摘下他的貝雷帽，布熱佳愣在那裡，我的未婚夫也愣住了，連服務員領班也僵住了……布熱佳站在那裡，頭髮極少，是個禿頂，但是臉卻曬黑了，只是禿頂白裡透青，樣子像個馬戲團老年小丑。小提琴手湊到他耳邊演奏，領班拿著貝雷帽戴到布熱佳頭上，瑪爾達在布熱佳面前哭泣，但這一切都已無濟於事。布熱佳付了帳，軍官們賠了個不是，向布熱佳鞠躬，他們的鬈髮一個勁兒地垂下來碰到布熱佳的臉，這更增加了他的悲傷、痛苦和沮喪……

只有我的未婚夫是平靜的，目光炯炯，只是觀望著、驚訝著，不能、也許不願介入，沒打算說什麼或請求作出解釋，更確切地說，他彷彿因爲在這裡見到這情景，成爲一個見證人而感到榮幸。他點了點頭，我則挽著布熱佳的手，給了他拐杖，由領班陪送著走了。軍官們站起身來，顯得很尷尬，他們互相看著，彼此打量了一番，雙手緊貼著制服，知錯地低頭不敢再望。瑪爾達還在哭泣，她的眼睛在對我說，「我早就預料到，每次都是這麼個下場。」布熱佳艱難地上著台階，小提琴手走在布熱佳前面，這位布熱佳的朋友，邊走邊拉著一支憂傷曲。這位小提琴手有著一雙恭順的眼睛，他的濃密的頭髮也抹了油，中間分了一條縫……是的，那小個子富於幻想的猶太人紮迦利灌的唱片中就是奏的這支曲子：「小提琴呀，我的心……」

然後我們坐著雪鐵龍往家走，在我們開出之前，那位小提琴手還在車門口彎腰鞠躬。

布熱佳坐在方向盤前，可是連那憂傷曲也沒解除他的憂傷……小汽車開動了，瑪爾達坐在布熱佳旁邊哭泣。我們已經開出了小鎮，雪鐵龍像要解體，布熱佳那種開車法，真是嚇死人。我的未婚夫想開玩笑，可是連他的幽默感也已經消失了。汽車高速駛過一個又一個村莊。我請求布熱佳停車，我實在忍無可忍了，可是布熱佳還接著開，那輛破舊的雪鐵龍仍舊讓你擔心它會解體。我們刺破了一個輪胎，可是布熱佳仍舊往前開，我和未婚夫在後排座位上一次又一次地彼此倒在對方身上。我不禁對著博士吼了起來：「想個辦法制止呀！他媽的！」可他仍舊縮在角落裡。如今輪到我來發狠了，我的性格像我媽，一個林務官的女兒，如果有必要，她發起狠來連爸爸也制服不了，眞可謂難以駕馭！我往布熱佳背上猛擊一拳、又一拳，我一個勁兒地捶得他幾乎將車子開到一堆碎石上，雪鐵龍幾乎停了下來。我猛地一下推開門，在向車外滾的時候，還沒忘了連袖子帶手將我未婚夫也拉下車子。布熱佳清醒過來，改變了車速，雪鐵龍從碎石堆裡爬了出來，靠著三個輪子搖搖晃晃繼續在公路上行駛，它的燈光，紅色後燈在朝一座小林子拐去……我倆仰天躺在一條壕溝裡，喘著氣，兩手攤開，彼此的手指觸著了對方的手心。滿天星斗……我的未婚夫說：「您記住！誰若想進到我們這個家庭，就得學會『入境隨俗』，就像柯拉什家的奧拉涅克說的那樣。」

17

結婚前三天，我的未婚夫爲此而病倒了。他坐不安、睡不寧。「本星期五，這一天的上午十點半鐘、地點札麥切克。」這個白紙黑字的結婚通知把他嚇壞了。彷彿這一天這一時刻他要去開刀動手術似的，他甚至在單位請了三天假，說是家裡死了人。接著他便只是一間接著一間地上酒館，每到一個小酒館便喝一通啤酒，然後再去另一家。他只有這樣一直走著才能不去想那結婚的事。好比他有一天喝醉了，第二天便總是逃避這個頂著他名字的醉漢，他只顧一個勁兒地走，甚至小跑起來，努力逃避，可是那醉漢總能追上他。等他一停步，他便頭疼、不舒服。只有在他一直那麼走著、逃跑著，那麼他一直還是那個未婚夫；只要他一停步，這未婚夫便又跟他一塊兒坐著。他就害怕他娶我的那一天，即正式成爲我丈夫的那一天離他越來越近。我的未婚夫已經不吃飯，光喝酒、喘氣，爲這結婚的日子而戰戰兢兢，說話也顛三倒四了。我還在繼續上班，整個飯店都因爲我要結婚當新娘子而變得歡樂與激動，從衣帽間服務員到經理，大家都對我的婚事感興趣，故意來看看我，到最後我不得不答應他們在我結婚的前一天和他們一塊喝酒以祝賀我結婚，並且穿上我的結婚禮服。而最高興的莫過於我的大廚，他從冰箱裡取出那冰凍的鹿後腿和背脊肉，準備作爲我的結婚禮物：野味冷盤——鹿肉。彷彿它擱在布拉格集市的冰箱裡那麼多年，就是專爲等到我結婚的這一天似的。我也如此，當我一想起將在星期五上午十點半在札麥切克小宮堡舉行婚禮，我就發抖，把帳也算錯了，領班和服務員們老幫我更正。大家都爲我這個年已二十八歲的人還爲一場普通婚禮而這麼手足無措感到開心。我的未婚夫在星期四就已經忍受不住了。他拿著那把婚禮花束，走遍整個利本尼，從一個小酒館到另一個小酒館。服務員給他送上半公升容量的啤酒瓶，將婚禮花束插在裡面。我的未婚夫邊喝著啤酒邊接受祝賀。他拿著這束花走到上面的啤酒花叢酒館，然後又到科比利斯，到磚廠飯館，到瞭望酒館，但不管在哪兒，停留的時間都沒超過喝一杯啤酒。他已經只喝小杯的了。每當他穿著那身婚禮服，拿著那束花一坐下來，便攤開他那個男用皮夾。他居然也帶個男用皮夾！他平日總是將所有文件、材料及錢幣皺巴巴地塞在褲子口袋裡，如今居然帶上個男用皮夾，小心翼翼地將它打開，重又大聲讀一遍那張通知：婚禮將於星期五上午十點半舉行。他肯定已經讀了五十遍，總也無法相信這人民委員會主席簽署的關於他即將成爲一個丈夫的聲明。他喝完酒，拿起那把溼漉漉的花束，從瞭望酒館走出來，來到一家他從未來過的黃雀飯館和小樹枝飯館。後來又去了大海船飯店，仍舊走這條路，只要他在邁步，心情就能平靜一點。他通過這種行走來使自己平靜。這種上走科比利斯下逛多烏蒂以及斯霍露利的散步並沒有贏得時間，恰恰相反縮短了離這個非常長的日子——星期五上午十點半的距離。到那時我們就將並排站著，非成爲夫妻不可了。我在婚前這三天裡還以爲我的未婚夫在開玩笑。其實他沒在開玩笑。他很可笑，不是他想這樣，而他本來就是這樣。據我的認識，我的未婚夫是個非常膽小的人，害怕作決定，在我們共同生活的整個時期裡他都不善於作決定，總是讓我拿主意，連吃什麼、到哪裡去的事都讓我來決定，彷彿作決定的過錯永遠落不到他身上，一切將轉到別人身上、轉到我身上來。在這三天裡他甚至不敢直視我一眼，總是這樣膽怯地將目光移向汽車，或盯著地面，紅著臉，跟位未出嫁的小姐似的害羞。我還以爲他是在演戲哩！可他卻是個大孩子，完全不像我想像中的他。他這個能像一個裝卸工、廢紙回收站打包工、往卡車裡裝上一百公斤重大包的人、一個汗如雨下也不在乎的漢子，卻膽小得像隻小雞，像隻兔子，像個受了驚嚇挨了罵的小孩。有時我不得不抓住他的頭，用力將他的臉轉過來，讓我們面對面地站著，讓他不得不直視我的眼睛，可他卻垂下眼瞼，我得掰開他的眼皮，得費好長時間才能讓他看我一眼。我看著他的眼睛，像對待受驚的馬、受驚的小動物一樣安慰他，讓他平靜下來。……「喂喂喂……怎麼回事呀？」我的手掌像汽車上的雨刷一樣在他的眼前晃上幾下，讓它消除恐懼這夜間惡夢，就像有的孩子早晨醒來要哭一場，被夜裡的夢嚇壞那樣。我感覺到，我要是緊緊地靠著他站著，他的心便怦怦跳，全身發抖，「怎麼啦！您出了什麼事兒？」我總愛問他。

「沒事，沒事，我不知道。我很糟糕，」他埋怨自己說，「我從小時候上學起就這麼擔心受怕，我老是得到壞的成績單，我一直有種拿到壞成績單的感覺。還有，我從小就愛跑到別的地方去，總有個什麼東西驅趕著我，讓我離開所在的地方，到別處去，從那個別處又再跑到我不在的另一個地方去。」

「行了行了行了！」我撫摸著他，對他輕聲耳語說，「我們原來是什麼樣，將永遠是那個樣。你可以做你直到現在所做的一切事情。我將繼續上班，趕上我上下午班時，你還繼續到電車站去接我。……你用不著向我作任何解釋。要是你不想說話，我們就沈默好了；要是你想說話，你可以向我傾訴一切。我會尊重你這些自白。你也可當著我的面寫作，我會安安靜靜不去打擾你的，就像我根本不在這裡一樣。也許我會重新開始用鉤針編織圖案，你可以寫作，做你想要做的事情。我只求你，別從我身邊跑掉。除了和你在一起，我不想另樣地生活。你要是十點半不到札麥切克宮堡來參加我們的婚禮、我與你的婚禮，我恐怕會死掉的。」

我們的頭碰在一起，朝向院子的窗戶敞開著，我們的眼睛望著別處，我在對著他的耳朵輕聲訴說。他卻哭得淚水一滴一滴掉在我頭髮上，他像一個孩子那樣哭起來。我用手掌慰撫著他。他在哭，向我亮出了實實在在的他，就像自己撕開了自己的襯衫，猶如掛在農家床鋪上方的耶穌像一樣，向我掏出了自己的心，使我感到備受敬重。「你聽見我說的話嗎？」我問。

他抽泣著，點點頭，重複好幾遍地說：「我聽見了。」

而我，結婚前三天便將一灌水放在爐灶上，爐膛裡的火焰熊熊呼嘯，火的旋律令人感到舒坦和安寧……我上完下午班回來時，被巴黎飯店的廚房弄得疲憊不堪，滿身都是油煙和燒焦的肉乾巴味，兩條腿的灰塵直到膝蓋上，他到電車站接我時，我們一道默默走過利本尼的小巷。當我們走進這棟樓房，走進我們未來的洞房，走進這唯一的一間小斗室時，已是深更半夜。這間小屋如今連我也覺得它是令人感到快慰的，尤其當生鐵爐子裡生著火，劈啪響著通向煙筒，爐台上的水壺吱吱叫著的時候。他將我的腿放到洗腳盆裡，那個磨損得很厲害的盆裡。誰要是從窗口看我們一眼，還以爲這男人在慢慢地脫去我的衣衫準備做愛哩！然而這個男人，我的未婚夫脫下我的襪子，將我的裙子掀得老高只是爲了澆上熱水，摻上涼水，直到水溫適度非常舒服爲止。然後他便捲起袖子，跪在我跟前，一條腿一條腿地捧起來，在這兩條髒腿上抹肥皂，慢慢地將它們洗乾淨，我閉上了眼睛，心裡非常甜蜜。他用柔軟的澡擦替我擦拭著兩條腿，用水清洗一遍，再擦一遍，洗一遍，洗了這條腿洗另一條腿，一整盆水被我的腳弄得發黑了。我的未婚夫將我的一條腿，已經洗乾淨了的腿，用毛巾擦乾，放在地上，輕手輕腳地給我穿上拖鞋，然後又是第二條腿……隨後站起身來，溫柔地撫摸一下我的頭髮，走到院子裡，嘩啦一聲將髒水潑掉。

當他累極了，憔悴地坐在我面前時，我便端來腳盆，將他饋贈給我的回報於他。我解開他疲憊無力的雙腳上的鞋帶，幫他脫下短襪，在他面前跪著，爲他洗腳，洗了這一隻洗另一隻。突然我明白過來，他在我面前如此地卑躬屈膝，而我又在他面前如此卑躬屈膝爲他洗腳，這洗腳實際上是我們之間眼前最美好的一幕。我眞希望我儘量洗得最久，我仔細地將他的腳擦乾，他帶著醉意漸漸入睡，朝我身上倒過來，我給他脫了毛衣，他又搖晃著要倒，我像給一個死了的男人脫衣，然後脫去長褲、短運動褲，將赤條條的身體扔到一面英國旗子上，這是我未婚夫用來當罩單蓋在被褥上的。他攤開腿，完完全全地平靜了，仰天躺倒睡著了。

爐火燒得呼呼地叫，我添了兩段木頭進去。四下裡顧盼著這小小房間，我感到幸福。我這個曾經住過擁有十三間房的小洋樓的孩子、小姑娘，如今僅僅一間小房間也使我感到滿足。我閉上眼睛，思想像看電影一樣，跑到我們過去的住宅，穿過一扇扇敞著的門，回憶起一間又一間房子，回憶起拿破崙第一帝國時代造型風格的晶瑩椅子、印花布罩的沙發和靠椅，褐色的巴洛克式的餐廳，餐櫥上方掛著的荷蘭大師的名畫，房間裡插滿鮮花耀眼奪目的花瓶……我睜開眼睛，不錯，在我的頭頂上方掛著一個可以上下拉動的吊燈，我在這房間裡第一次驚異地發現，這盞吊燈的鐵絲是拴在頂樓上我未來小叔布熱佳曾經用過的殘腿矯正架上。這位小叔不到三天之後將成爲我未婚夫在婚禮上的一位證人……

18

我結婚的日子來到了。我的未婚夫黎明前就已穿上了禮服。在他穿好衣服之後，才氣惱地發現他竟忘了刮臉，於是往臉上抹些肥皂，連結婚襯衫領子上也抹上了肥皂。他惱怒得連刮鬍刀也不聽使喚，在他臉上劃了個傷口。他嚇了一跳，連忙用水洗，沖掉臉上的肥皂。他的手直顫抖，卻還一直拿著那束婚禮用的花，只在需要往滅過好幾次的爐子裡添柴火時才把它放下。後來我未婚夫的表妹和莉莎來幫我穿衣服。博士卻捧著花束到赫拉夫尼街刮臉去了。我六神無主，生怕他像我以前那位未婚夫一樣在婚禮前突然跑掉，跟別人結婚去了。後來我便開始換衣，我不管拿起什麼，手都在顫抖，不是扣不上扣子便是打了死結。我的兩位伴娘不得不從兩邊幫我拉住。我雖在微笑，可卻想哭。後來布熱佳和瑪爾達走進院子裡。布熱佳打扮得漂漂亮亮，他打了一條好看的藍領帶，戴了一頂禮帽，還一口一句叫我新娘子。我用眼睛向他示意，求他開恩別老這麼叫。瑪爾達和米拉達一邊抽煙一邊喝啤酒，烏利跑到赫拉夫尼街回來說去了兩間理髮店都沒找到我的未婚夫。隨後我的女儐相給我拿來婚禮帽，她們不得不給我戴上並夾牢。這時我可眞的哆嗦起來，我的腿發軟，因爲院子裡又來了一批參加婚禮的客人。米拉達出去迎接他們，從洗衣房拉出一張桌子，洗衣房裡那個一直灌著涼水的大盆裡面放了三十瓶香檳和烈酒。米拉達往桌上鋪了塊桌布，給參加婚禮的客人們斟酒。可是我的未婚夫仍舊沒有來。隨後女儐相們給我披上婚紗，她們將婚紗掀起來，我的眼睛在流淚，臉上露著強裝的微笑。臉色蒼白的烏利又跑回來，甩動著肩膀，又一次跑來告訴我自己也已經知道的事實：我的未婚夫仍舊沒有趕到，可能拿著那束花在某個地方喝啤酒。烏利捲起袖子，指著手錶說已經是走的時候了。我掀起面紗，眞想取消算了，非常想跑到某個地方、某個角落裡去痛哭一場。我的那位大媽艾瑪來了，她帶來一把鮮花，朝院子裡環顧了一下。當她走進我們的廚房、餐廳和臥室，當她看見我坐在那裡垂頭喪氣時，我那位大媽呀，一見萬事俱備，只缺新郎和鮮花，恰恰相反，倒有些高興了。

米拉達和瑪爾達在院子裡來回走動，爲參加婚禮的客人別上用白絲帶紮著的桃金孃枝子。我的女儐相們有意慢吞吞地爲婚禮客人們裝飾上這些桃金孃。我們巴黎飯店的兩位服務員進了院子，後面跟著大廚師傅。服務員們端著一只用餐巾蓋著的大銀盤。我一見到我們這位大廚，便突然鬆了一口氣，彷彿壓在心上的一塊石頭落了地。我突然預感到，我的未婚夫一定會來。艾瑪坐在我旁邊，她絲毫不隱瞞她因見到逃走的不僅有她兒子，而且也有博士這一點而感到高興的這種心情。可是我的未婚夫卻一下飛跑進到院子裡，他容光滿面，雙眼透著些微醉，但卻仍然炯炯有神，閃著淚珠。不是因爲我們很快即將成爲夫妻，而是爲他自己已克服了膽怯，增加了勇氣而感到高興……他已站到參加婚禮的客人中間，已經在抖動著婚禮用的花束，已經在與人們碰杯，已經在津津有味地喝著啤酒。我也容光煥發，我已經感覺到我重新又成爲那巴黎式的奶油蛋糕。我擦乾了眼淚，站起身來，踮一下腳，又踮了一下，立即來到院子裡。兩位女服務員各抓住餐巾的一角一掀，盤子裡擺著涼了的鹿背和臀尖肉，都已切成小塊，立即可供享用了。兩位服務員來到我面前，我們碰了碰額頭，那兩個小丫頭由衷地哭了起來。大廚將雙手伸向我，我連忙掀起婚紗，他眞心眞意地吻了一下我的臉頰，嘴唇輕輕碰在我臉上。隨即烏利看了看錶，臉色仍那樣蒼白。我的未婚夫終於將婚禮花束遞給我。烏利遞了個眼色，自己便作爲我的證婚人第一個在院子裡邁開腳步，其他客人緊隨其後。我的未婚夫臉刮得乾乾淨淨，還抹了點香水。我們走下樓來，朝著貝朗諾娃太太的窗口走去，小吊燈從上面照著這位愛乾淨的太太，眼鏡在她臉上閃著兩圈光。如今她走到通道上，吻了一下我的未婚夫，又將手伸給我說：「您跟博士在一起將會很幸福，因爲他是一條好漢。晚上我會給你們送來我們金鵝飯店燒的醬凍兔肉。」……婚禮隊伍歪七扭八地走過潮溼的走廊，幾乎每個參加婚禮的人走出走廊來到街上時都在用手掌擦拭他們被走廊溼牆弄髒的外衣，因爲他們都喝了不少夠勁兒的酒和啤酒。有幾位客人走了幾步之後又轉回去，匆匆到院子裡去喝掉那剩下的幾口啤酒，以便在走到熱麥斯爾米茨克·波特舍普敞著的大門之前追上我們的婚禮隊伍。

我們的婚禮隊伍走過科德拉斯卡街時，狐狸飯館的玻璃門突然敞開，裡面站著許多客人，老闆斟了一杯啤酒跑出來交給我的未婚夫，他則高高興興地一飲而盡，我從飯館的朦朧煙霧中看到舉起的酒杯的閃亮。我接著往前走，未婚夫快步追上我，於是我們又並排走著。我的未婚夫的大衣袖子弄得很髒，烏利的衣服也弄髒了，我轉身一看，所有參加婚禮的客人都被我們那糟糕的走廊牆壁磨髒了，甚至連女服務員也未能倖免。我笑了，在這一剎那，當我看到我們這個滑稽的隊伍、這個沒戴面具的化妝隊伍時不禁笑了。我抬起眼睛，只見我的未婚夫摟著我的腰，緊緊靠著我，幾乎要把我抬起來，給我一個從沒有過的甜美的吻。天空像要下雨的樣子，突然變得涼颼颼的，下起了雪。當我們橫過人行道，沿著羅基特卡河走的時候，我的未婚夫又沿著台階往下跑到小河旁，從夏天發大水推到這河裡的一個生鏽的爐子和三個殯葬用的花圈中間捧起一捧水澆到臉上。回到我們這裡時，他整個人都溼答答的。莉莎和烏利兩人臉色蒼白，昨天他們還責備我不該在婚禮通告上把名字寫成艾麗什卡，說我本應照媽媽那樣叫做艾麗札貝絲的。可我昨天堅持說，根據出生證明書我的名字本來就是艾麗什卡。莉莎嚷嚷開了，說那是沙文主義的教區牧師故意這麼寫的。說既然已經如此，在婚禮通告上沒有艾麗札貝絲這個名字，至少在結婚證明書上應該寫清楚。說我雖然是捷克斯洛伐克共和國公民，但我的民族是德意志。可是我說，我是捷克人，民族也是捷克。我那位艾瑪大媽看見我的未婚夫這麼一身溼，不禁歎一口氣，而其他客人卻樂得直笑。我發現我們隊伍的人數已少到不足十個人了。我高興的是，我未婚夫的那些朋友平日那麼喜歡跟他在家裡吃喝宴飲聚會，這時都回到院子裡接著喝啤酒葡萄酒去了。我還眞高興，因爲在札麥切克宮堡的婚禮上，這幫傢伙可能會醉倒在地或突然心血來潮高歌起來。

後來又出太陽了。札麥切克宮堡光芒四射。我們從人行道走上台階，然後走上一條鋪著沙子的道路，花園中的小路以剪齊的黃楊作裝飾，宮堡的正面有座大金鐘在放射著光芒，鐘上的針指著的時間是差五分十點。我的未婚夫鬆一口氣。他的衣領和領帶勒得他難受，被羅基特卡河水打溼的眼睫毛也乾了。烏利跑到我們前面，他打開札麥切克宮堡的大門，我那兩位年輕廚師已站在那裡，他們按照給我的承諾穿上了他們的節日廚師裝：格子褲、白短外套、白色廚師帽。他們對我微笑，祝賀我，大概是從廚房裡偷著溜出來的，我也以微笑回報。隨後我們走上白色的台階。從上面傳來了樂聲，管風琴演奏了《哈樂根[52]的數百萬》，當我們邁上最後一級台階，白色的門敞開來，走出一位官方女職員，穿著一件絲絨服。她將我和我的未婚夫、還有證婚人請到她的辦公室，在結婚證書上簽了字。從敞開的門我看到，在我們之前舉行過的婚禮上的客人正從我們剛走上來的台階一步步往下走。我感到高興的是，我的新郎選了這個地方來舉行婚禮，選了這個小宮堡，全套的巴洛克式傢俱，特別是門廳高大，這是我爸爸最欣賞的。接著，那位人民委員會的女職員將我們的婚禮客人排成佇列，她奇怪大家的衣服袖子爲什麼都磨得這麼髒。然後打開婚禮廳的門。我愣住了，擴音器播出了老樂隊演奏的音樂「小提琴呀，我的心……」，沒錯，正是紮迦利演奏的這首憂傷的曲子，這首我爸爸喜歡的曲子，這首在我家播放了整整一個星期的歌曲，那次切霍娃來到我家，我爸爸的指頭按在她手背上，眼裡還閃著淚珠。我轉身看看布熱佳，他對我點頭微笑，是他帶來這張唱片，是他安排在婚禮上播放紮迦利演奏的這段音樂。一條紅地毯在我面前延伸。那邊靠牆有座金獅雕像閃爍金光，旁邊是插著旗子和擺著鮮花的小桌子。我的證婚人烏利領著我走過這個廳，這一間幾乎跟我家從前的餐廳一樣大的大廳，我身後跟著我的未婚夫和他的弟弟布熱佳。我手捧鮮花，現在我已經知道，我的婚禮能辦成，我已不再發抖，也睜開了眼睛，

---

52 哈樂根，義大利即興喜劇中的定型角色之一。常爲紳士的隨和而機智的侍從。

我的未婚夫已經站在我身旁，我能聞到他身上的酒味，如今輪到他發抖了。然後那女職員將結婚證書放在桌上，從一道門裡走出一個戴眼鏡的男人，身上披著一條肩帶，站在桌子後面。女職員向他介紹了我和我的未婚夫，然後，那個被她稱爲主席的人對我們講了幾句話，我看著他的那本紅書，書裡露出一根緞帶，緞帶上蓋著印。這個人對我們說話時強調我們要相愛，說我們的國家不僅是我們的保障，也是我們的保護者。他重新談到我們要互相支持。然後問我們是否存在可能阻撓我們結爲夫妻的障礙。我和我的未婚夫都說沒有。他又分別問我們倆是不是自願的，我清楚地回答說「是」；我的未婚夫卻咳嗽了好幾聲，舌頭像是被燥熱黏住難以動彈，到最後總算吐出了他那個「是」字。然後由人民委員會主席宣布我們的婚姻關係生效。其證據是讓我們互相交換戒指。我們互相轉過身來面對面，女秘書用盤子端上這兩枚戒指，我倆臉對著臉，如今我的這位丈夫用他那僵硬的指頭替我戴戒指，戴了好幾次，到最後才將它戴到我的手指上；我也好玩似地給他戴上了戒指。他揭開我的面紗吻了我一下。紮迦利最後一次地演奏了「小提琴呀，我的心……」主席第一個向我們表示祝賀，接著是他的秘書，她還對我耳語說，結婚證放在她的辦公室。隨後烏利吻了我，他很激動，再然後是莉莎，最後是其他婚禮客人，我眞心地與我們的大廚巴烏曼先生這個好人親吻了一下。是他讓我在巴黎飯店打黑工，是他增強了我的勇氣，在巴黎飯店首次舉辦宰豬節，博士給我獻上一大捆花的那時候，他是唯一地看出博士將來會娶我的人，結果博士還眞的娶了我。

結婚儀式就這樣算結束了。我那位大媽艾瑪最末一個吻了我。她深深地歎一口氣，我從她的眼睛裡看出來她很高興，總算擺脫了我，我不會再待在她那裡了。我對她與我一塊面對她的兒子、我的那個負心人所經受的一切表示了感謝。如今我換了一位不會讓我厭煩、對我格外好的男人，我將同他住在一起，和他共一個姓。婚禮儀式結束，通向走廊的門重新打開，我們走出婚禮廳，重又播放《哈樂根的數百萬》，因爲又一列婚禮隊伍正沿著台階一步步往上朝著那位女秘書的辦公室走去。蒼白的新娘，年輕的新郎，還有嚴肅得發呆的客人……這時，我們的隊伍正往下走，已經無拘無束，亂糟糟的。隨即來到札麥切克宮堡門前，我的那兩位廚師和女服務員都站在那裡，向我和新郎致賀，女服務員們激動得哭了。接著來的便是認得博士的幾個街坊熟人、攝影師的祝賀。我們沿著台階走到人行道上。兩位廚師騎上他們的越野車，女服務員坐在他們身後對我們揮手，摩托車響了幾聲喇叭，陪著我們這支亂七八糟的隊伍一直開到波德里普尼雕像下，轉彎朝下開到羅基特卡小河那裡，經過利本尼橋再回到巴黎飯店……後來我們便到了堤壩巷。我解開短大衣扣子，以便走得輕鬆些，我穿著這身漂亮的禮服，手裡捧著婚禮鮮花，行人紛紛向我致意，對著我們的隊伍直發笑，我們引得他們開心，因爲我們所有人的禮服袖子都被我們的走廊牆壁弄得髒兮兮的。我們那些參加婚禮的客人們都有點兒踉踉蹌蹌的。我緊緊抓著那束婚禮花，揮舞著它向行人致意。我突然強烈地意識到，我已經結婚了，這給了我勇氣。我眞想再回到札麥切克宮堡去，再從那裡往回走一趟。我還希望我們走到赫拉夫尼街去，帶著這束婚禮花到博士常光顧的所有小飯館去。我一回頭，看到只有兩位婚禮客人，烏利和莉莎被這個婚禮隊伍嚇壞了。這倒反而增加了我的勇氣，我脫下短外套，讓我丈夫拿著，我這個拖著白婚紗、戴著婚禮帽和面紗的新娘舉起了雙手，就像我爸爸當年在莫拉維亞穿著民族服裝跳舞那樣，也像烏利在與莉莎結婚之前，穿著斯洛伐茨科[53]服裝跳舞那樣，我舉起雙手，在堤壩巷的街道上跳了起來。我看到，我的丈夫在怎樣地微笑，怎樣爲我的舞蹈而感到榮幸，他這樣愜意地瞧著我，用那只低一點的眼睛對我微笑，眼睫毛還黏在一起，這是因爲在婚禮前曾在羅基特卡河浸了一通臉的緣故。我奔向他，擁抱了他，我們在路燈下接吻了。我閉上眼睛，手裡拿著花束並摟著他的後頸。莉莎和烏利站在那裡驚得發呆，其他的婚禮客人們卻在微笑……後來開來一輛卡車，司機們從廢紙回收站來到這裡，當他們看到我們這樣地在路燈下擁抱時可開心啦！回收站站長也下了車祝賀我和博士，我們便又在路燈下擁抱，接受他們的祝賀。

---

[53] 指莫拉維亞東南部與斯洛伐克毗鄰地區。

博士邀請這批客人一起去參加微薄酒宴。於是我們又湧進了我們那條通道，儘管我們小心又小心，可我們的袖子仍舊又一次地擦在這條走廊的牆上。我拿著花束跑到院子裡，轉過身來，張開雙臂，對著正站在那位愛乾淨的貝朗諾娃太太窗下的那些陪著我們到札麥切克宮堡的人們說：「大家都來看看吧！都來喝一杯，和我們一起乾杯！因爲我實在太幸福了！」

客人們，甚至有些我不認識的博士的客人沿著台階走上來。莉莎和烏利則進了他們自己的屋裡，他們一開門，波比便汪汪叫著跑出來，牠又叫又跳的，博士蹲下來，我也蹲了下來，波比舔舔我們，高興地叫著，像其他參加婚禮的客人一樣，在兩腿之間的胸毛上編了一個配著白色蝴蝶結的婚禮桃金孃。還有一批客人坐在院子裡拍打地毯的木架下方的橫木條上，他們也是來參加博士婚禮的，但寧可坐在院子裡，笑容滿面地喝著婚禮酒。我領著婚禮客人們，手拿著婚禮花束向他們指點著介紹一切：「請看，這是我們的平台、空中花園！」我又指著博士爲能待在太陽底下，用來當做寫作室的小屋頂以及旁邊擺著鋸了腿的椅子給他們看……後來我將客人帶到洗衣房，如今澡盆和洗衣盆正泡著香檳、啤酒、伏特加酒瓶，涼水不停地往盆裡流……「這邊，請看，是我們的浴室。」我領著客人繼續往前走，廁所門正敞開著，「……而這裡，請看，是我們的廁所！」我用手裡拿著的花束指著一堆土給他們看，那上面種的那棵樹葉茂盛沿著鐵絲伸向四處的爬山虎，鐵絲上還掛著一塊舊廣告牌及博士的眞人面具，這面具又用鐵絲固定在板棚的樑上。「這是我們的花園和陵墓。請看，我們就將在這裡舉行我們的花園聚宴。」我扯著嗓子喊，客人們笑容滿面，只有我丈夫被我所講的話弄得不知所措，他簡直不相信自己的耳朵，可我今天並沒有喝酒。我今天之所以感到如此幸福只因爲我當了妻子，在結婚證上已簽了字；我之所以感到幸福，還因爲儘管我那位艾瑪大媽，還有莉莎、烏利可能都希望看到我愁眉苦臉的，認眞考慮一下我們兩個作爲夫妻下一步該怎麼辦，因爲我們是向他們借錢辦了這場婚禮，而根本沒去想以後怎麼還給他們，但我卻並不膽怯沮喪。我邁著輕盈的舞步領著客人們走進我們那間沒有生火的房間，我待在這裡雖然很冷，可是我卻笑呵呵地指給他們看：「請看，這個角落就是我們的廚房，再看那個角落，便是我們的臥室，窗子附近這兒是男用室。」我還用婚禮花指著生鐵爐子，然後是將英國旗子蒙著的黃銅床鋪指給客人看……最後還讓他們看到一把椅子和它旁邊的一張廚房用的方凳，上面擺著一個黏著死蜂窩的樹幹，「這兒，」我指給他們看，「這兒是我們的餐廳！」我拿起一個小圓桶，將花束插在裡面擺到可以上下拉動的吊燈下面的桌子上，桌旁還有兩把椅子。

透過牆壁可以聽見，整個房間、我未來這公寓牆壁後面的研究所那架巨大的車床，那把巨大的鋸又在鋸斷著一根巨大的軸。我轉過戴著婚紗的頭，用手指著那邊對他們說：

「你們聽見了嗎？這太美了！半夜三更這麼軋軋響。我們的桌子在動，我們的床也在動……可不是嗎，這裡有點冷，我們不得不常到院子裡去暖和暖和，或者不得不生火。」我劃燃一根火柴，打開爐門，裡面早已擺好碎木片，火苗竄了上來，沒多久爐膛裡便呼呼作響，我又加些木柴，我像博士每次生火那樣，立即跑到外面，橫過小院一直跑到通向旋轉樓梯的門口，上樓便是莉莎和烏利他們的房間。如今我站在那上面，看到我們的煙囪在冒煙。……參加婚禮的客人們也跟著我走出來，他們冷得發抖，可是我卻站到院子裡，背靠著牆，踮著腳尖，驕傲地對大家說：「你們看見了嗎？看見了嗎？這是從我們煙囪裡冒出來的煙！這個煙囪的通風性能可好啦，因爲它下面原先是鍛造廠房的打鐵爐呀！我們的住房是過去的鍛鐵作坊改成的……如今，請大家都過來，爲我們的婚禮乾杯吧！」我跑進洗衣房，搬出一瓶瓶綠瓶裝的香檳酒。每人一瓶，只有司機除外，大家都看著我，我見他們都看著我，如今我就是那位眼睛裡鑲著那顆精緻小扣子的小姐，如今我就是那位波爾迪納，印在運往世界各地每根鋼材坯條上的鬈髮嵌有星星的那個姑娘，我如今是這個家的主婦。我打開裝香檳酒的框子，等著大家拿，大家都跟我下手了，只有幾個不大能喝的猶豫了一下。但我看到我那位大廚巴烏曼先生在朝我看，看到本色的我；我的丈夫也在朝我看，讓他感到驚喜的是，他們回收站主任也以跟他一樣的目光在注視著，連瑪爾達、我丈夫的表妹米拉達也從洗衣房裡走出來，手裡端著酒杯，她們的眼睛已含著濃濃的酒意。在所有客人中，唯一只有我那位大媽艾瑪，還有那總站在樓上的莉莎和烏利被我這番表現弄得不知所措，很尷尬。波比跳著歡叫著，一個勁兒地在婚禮客人們的腿中間鑽來鑽去。如今從我的葡萄氣泡酒瓶裡冒出了大堆酒泡沫，接著從五個、十個甚至二十個葡萄氣泡酒瓶裡冒出了大股泡沫珍珠狀液體。波比跑到哪裡，哪裡就被灑上一身這氣泡酒。大家舉起這綠色酒瓶，所有參加婚禮的客人都在喊著、說著酒話、歡笑著，但是大家都爲我和我丈夫的健康而乾杯，祝我們在這所美麗的公寓、在這座空中花園裡生活得美滿幸福……

隨即大廚巴烏曼先生掀開了桌布，我便俯身看到了鹿臀尖和鹿背醬肉冷盤。我舉起雙手，爲這鮮美野味而驚喜得鼓了一下掌。巴烏曼先生和我將桌子抬到院子正中間，廚師將肉塊放到紙盤裡分發給客人們，大家津津有味地吃著，連烏利和莉莎也從樓上走下來，臉上露出了笑容，那股尷尬勁兒已經過去，還吻了我，也拿了一份野味冷盤，並喝了氣泡酒。一下子大家都鴉雀無聲地吃著，只聽得大家專心致志地品嘗這精美野味的咀嚼聲。這鹿終於等到了我結婚的這一天，於是我不得不向大家講述一通巴烏曼先生如何在八年前知道這頭鹿，這頭鹿又如何在布拉格集市的冰庫冰櫃裡躺了八年，後來我和巴烏曼先生如何在那裡找到這頭鹿，搬回來，我們又如何先得用鋸鐵的鋸子將它鋸斷……巴烏曼先生在巴黎飯店廚房裡第一次見到我這位丈夫時，便預料著我們將在這裡結婚，於是將一塊鹿臀尖和背脊肉留在冰箱裡……這一來，我們的婚禮便成了任何人在任何地方都沒經歷過沒見到過的一件事。當大家都看著大廚巴烏曼先生時，直到這一刻我才意識到這一點：他們看著巴烏曼先生，彷彿是總統，或者是一位著名的足球球星親自來參加我們的婚禮。大家注視著巴烏曼先生時，他容光煥發，一直在微笑著。他突然嚇了一跳，因爲不得不立即趕回巴黎飯店去，趕回他的廚房去，關照他的烤肉，以免廚房裡出事……於是與我互吻道別，雙手握著我的手，然後握著我丈夫的手表示感謝。我從沒見巴烏曼先生這樣過，他平常總是遞給你一隻胳膊，可是對我丈夫卻用雙手抖動著他這雙博士的、但粗壯的手。他抓著博士的手，然後撥開他的手掌，撫摸著掌上的老繭。我丈夫微笑著，爲他自己的手而感到驕傲。隨後大廚便沿著台階走下來。接著從焦街來的司機來向我們道別，回收站主任也向我們表示了感謝，那些臨時放下工作，只在這兒待一會兒的客人也開始告別……然後，我丈夫拿起一個個禮品包，我開始將它們打開，我們還邊看邊喝著香檳酒，誰樂意，我們便請他拿著瓶子喝伏特加。我回憶起我爸爸就喜歡用燒酒或伏特加摻在香檳裡喝，說這是俄羅斯熊喝的酒。我現在也摻著伏特加喝，以示對爸爸的紀念。布熱佳已經喝醉了，也變成了一隻俄羅斯熊。我們打開著禮品包：罐子和一些不時興的處理品。我得到的所有這些結婚禮物已經轉手過幾個婚禮了。我知道我永遠也不會將這些東西擺到我們屋子裡去的。布熱佳對每一件禮物都要發表一通評論：

「啊！這可珍貴啊！啊！現在已經不生產這玩意兒了，您在哪裡弄到的這東西，在科特采？」他又環視了一下婚禮客人們，「啊，這玩意兒！你們是在聖·沃伊傑赫那兒的雜物堆裡找到的吧？我一輩子也沒見過這類東西。喂，兄弟，你得去爲它辦個保險，要不，別讓人在這裡就把它偷走啦！快點兒扔到垃圾箱裡去！」這恰恰是莉莎送給我的結婚禮物。她受了侮辱，一氣之下跑到樓上自己房間裡去了。我丈夫接著打開下一包禮品，掉下一塊舊窗簾，我立刻將它捧到胸前，因爲它正好是爸爸用過的那種窗簾，他曾將它掛在他的臥室裡擋住整個窗子，因爲這是從斯洛伐茨科故鄉他出生的小木屋那兒帶來的。我喊叫起來：「啊！這窗簾將成爲我們家的最佳飾物！」

就在這一刹那，比我們的板棚高出兩層樓的高牆後面轟隆一聲巨響，隨即從這面牆上掉了一大塊灰泥下來，狠狠砸在板棚頂上，傾斜的屋頂嘩啦啦撒下沙子、灰泥和碎片，波比垂著尾巴跑了下去。後來，通道上、院子裡到處都撒著沙土，灰泥塊朝四面八方飛濺，參加婚禮的客人們紛紛逃進洗衣房、樓梯下，一個個嚇得發愣，不知這整面牆會不會倒下來。過了好大一會兒，等到霧騰騰的沙土灰泥掉得差不多了，客人們才跨過這些碎石走出來。我連忙跑進屋裡，拿起我那束婚禮花，舉著它大聲嚷道：「這太精彩了！你們大家都羨慕我們這座院子、這間房子吧？」可是大家並不羨慕，都在拍打已經變成灰色的黑色禮服。可是他們還接著喝他們的燒酒和葡萄酒。我對婚禮客人們嚷道：「來吧！大家都到這兒來吧！沙龍已經燒得暖暖和和，那裡要是擠不下，可以繼續在我們的餐廳裡喝；要是連這兒也沒法擠進去，可坐在我們的廚房小角落裡；要是連這角落裡也擠不下，你們可以到我們的浴室兼鍛鍊房去，那兒有好幾張舒適的躺椅。」可是所有客人都舉起雙手護著腦袋，連聲叫嚷著：「怎樣都行，但就是別這樣！這會讓我們染上肺炎病倒！」他們匆匆告別離去，因爲洗衣盆裡只剩下唯一一瓶香檳酒，澡盆裡已經沒有烈酒，而鹿肉我們已經一下子風捲殘雲吃了個精光……我高舉著花束喊道：「要不，你們到哈烏斯曼尼酒家、到瓦尼什達那裡去，我丈夫從三點起繼續接待剛要來的客人。」可是婚禮客人已經與我們告別，拍打著身上的沙子塵土，望著那仍然掉著灰泥殘塊的高牆，這兒那兒不時還掉下一小塊碎灰泥，重又落在客人們身上。他們向我告別，肯定寧願到瓦尼什達的酒家去。我的弟媳和米拉達抓起一瓶酒跟我來到我們房間裡，可是她們在到我那裡的時候，冷得直發抖，於是寧可拿著那瓶酒，橫過掉滿沙子泥灰的小院跑到莉莎家裡去了。布熱佳躺在蒙著英國旗子的床上，手杖放在身旁，兩眼盯著天花板，板上掛著裝有鎳製彈簧與皮製細帶的護腿架，穿過這個護腿架掛著一盞可以上下拉動的吊燈。我正拿著那對我來說如此珍貴的窗簾，將它撐開比劃了一下，沒問題，正好能擋住我們的窗戶。我覺得有點冷，便將爐膛掏空，重新放進些木柴生起火來，後來又到院子裡去，跌跌撞撞跨過四處濺著的灰泥塊和碎磚頭，觀察了一會兒，好了！我們家的煙囪冒煙了，像一枝蠟燭直上雲霄。我聽到其他被莉莎邀去的客人怎樣在她家說笑。一下子這院子裡只有我孤身一人，我走進浴室，關上水龍頭，已經沒什麼酒需要涼水澆了。我拿起最後一瓶葡萄氣泡酒，等我回到我們房間，只見樓上外廊上斯拉維切克一家住著的地方，那通向廁所的門敞開著。斯拉維切克太太坐在那裡探出頭來，用手示意讓我到他們家去，說是有件事非告訴我不可。我鼓起勇氣，拿著葡萄氣泡酒走上旋轉樓梯，那是我從來沒有去過的地方，我突然想去那裡看看，因爲我們也將有間這樣的房子，跟上面這間一模一樣。我到了樓上的外廊上，我的婚紗禮帽直往下滑，我猛地將它按到頭上。可是當我一抬眼，只見那心直口快的斯拉維切克太太眞的坐在廁所馬桶上，在她對面豎著一個一直頂到天花板上的架子，上面擺著一瓶瓶果醬、熬煮的水果。斯拉維切克太太從馬桶座上艱難地站起來，提起這麼一條大腿褲，放下裙子，拉了一下水箱的鏈子，「這種裝置我們的廁所裡還沒有哩！」我暗自說。斯拉維切克太太從廁所裡直朝我走來，將手伸給了我，我卻嚇了一跳，以爲她要責罵我的丈夫，說他昨夜，還只是我的未婚夫的時候在院子裡的下水道那兒撒了一泡尿，劈啪滴答響得吵醒了她的孩子哩！可是她卻祝賀我結了婚，然後將我帶到她的住處。對，我們將有她這樣的廚房，對，我們也將有她這樣的房間，再把廚房安進去，像爸爸請人在別什江尼裝修的那樣，那是將我們從所有房間裡轟出來之後的事。在斯拉維切克太太的房間裡，她鬼頭鬼腦地將一張鋪好的床指給我看，我一時間丈二和尚摸不著頭腦，於是斯拉維切克太太掀開上面一層被子，在底下一床被子上我看到了我丈夫的腦袋，他正雙臂交疊地呼嚕睡覺，戴著白蝴蝶桃金孃的波比也躺在他身旁憩睡。斯拉維切克太太輕聲說：「剛不久我出去了一下，他一看見床鋪便鑽進被窩裡了。波比緊跟其後。如今他們像兩條泥鰍一樣滾在一起……可是年輕的太太，跟我到廚房裡去，我們將敍述我們生活中、我們家庭裡的一些了不起的盛事和故事。您知道，我到十歲的時候一個捷克字都不認得，我出生在柏林，您知道嗎？」

一九八四年二月完稿

國家圖書館出版品預行編目資料

婚禮瘋狂 / 赫拉巴爾（Bohumil Hrabal）著 ;
劉星燦, 勞白譯. -- 初版. -- 臺北市 :
大塊文 化, 2008.02
面； 公分. -- (to ; 53)
譯自 : Svatby v domě
ISBN 978-986-213-034-6（平裝）

882.457 97000169

L O C U S

LOCUS

LOCUS

LOCUS